飞花令

快意淋漓赏唐诗

陶然 —— 编著

应急管理出版社
·北京·

图书在版编目（CIP）数据

飞花令·快意淋漓赏唐诗 / 陶然编著 . -- 北京：
应急管理出版社，2022
ISBN 978 - 7 - 5020 - 9270 - 2

Ⅰ . ①飞… Ⅱ . ①陶… Ⅲ . ①唐诗—诗歌欣赏 Ⅳ .
①I207. 227. 42

中国版本图书馆 CIP 数据核字（2022）第 129843 号

飞花令　快意淋漓赏唐诗

编　　著	陶　然
责任编辑	高红勤
封面设计	薛　芳

出版发行	应急管理出版社（北京市朝阳区芍药居 35 号　100029）
电　　话	010 - 84657898（总编室）　010 - 84657880（读者服务部）
网　　址	www. cciph. com. cn
印　　刷	艺通印刷（天津）有限公司
经　　销	全国新华书店

开　　本	710mm × 1000mm $^1/_{16}$　印张　16　字数　213 千字		
版　　次	2022 年 11 月第 1 版　2022 年 11 月第 1 次印刷		
社内编号	20220495　　　　　　　定价　49. 80 元		

唐诗、宋词、元曲为我国古代文学艺术不可逾越的高峰。我们应继承这种优秀文化遗产，并陶醉其中，习以修身。

实际上，爱上这些文化遗产是一件很容易的事情。拿起手中的书，随意地翻开一页，我们就会被它们深深吸引。没有人不会被李白的纵情恣意、清新豪放打动。在读到"两岸猿声啼不住，轻舟已过万重山"时，我们似乎也回到了千年前，与这位踌躇满志的诗人一起乘船顺水而下，看两岸目不暇接的青山，听一刻也不断绝的猿啼声。

就算你是个挑剔的阅读者，你也依旧会被苏轼的才情折服。"相顾无言，惟有泪千行"，苏轼在梦中见到亡妻，想将自己这十年的遭遇都告诉她，想对她诉说自己的思念。可思念太深切，遭遇太坎坷，他竟不知从何说起，也不知该说些什么。最后，他与妻子相顾无言，千言万语都化作清泪。

若你觉得自己是个俗人，不妨试着阅读一些雅俗共赏的元曲。"俏冤家，在天涯，偏那里绿杨堪系马"，刚刚念完这一句，一位娇俏爽辣的女主人公便出现在我们面前。元曲中的女主人公，在表达自己的爱慕之情时，似乎比唐诗、宋词中的女子更大胆，"爱他时似爱初生月，喜他时似喜看梅梢月，想他时道几首西江月，盼他时似盼辰钩月"。读罢，即使是千年之后的我们，也感受到了女主人公的爱意。

天生是富贵公子，却不愿成为人间富贵花，这就是纳兰性德。他几乎是所有京城闺中女子的偶像，他的才华、风度、家世……无一不让世人羡慕。他含着金钥匙出生，一生极尽荣华。可是他并不快乐。"人到情多情转薄，而今真个悔多情。""我是人间惆怅客，知君何事泪纵横。""判教狼藉醉清樽，为问世间醒眼是何人。"……翻看纳兰词，我们可以感受到他的愁、怨、恨、不甘。可是，即使欣赏过他所有的作品，我们也依旧无法说自己已读懂纳兰性德。

也许，对某些人来说，唐诗、宋词、元曲虽然精妙，却更像一位深居高门大户的小姐，美丽却遥远。直到他们发现了飞花令，发现原来这位大户人家的小姐也可以走入寻常百姓家，与人们举杯共饮。

飞花令，是古代文人雅士在筵席中经常玩的一种文字游戏。同是行酒令，它可比"五魁首，六六六"要高雅得多。在古代，行酒令的形式多种多样，如先秦的射礼投壶令，即将箭矢投入细口壶，中少者喝酒。不过，对文人雅士而言，飞花令能够探索汉字之玄妙，自然比射礼投壶令更有趣。

"飞花"二字源于唐代诗人韩翃《寒食》中的"春城无处不飞花"。虽然在唐朝有关"飞花"的诗句不少，如顾况的"飞花檐卜游檀香"、薛稷的"飞花乱下珊瑚枝"等，但是因为韩翃是一位好酒者，所作诗文也多与饮酒有关。又因他颇受当政者喜爱，名气很大，所以"春城无处不飞花"被公认为飞花令的缘起。

最初的飞花令，规定所对的诗句中必须有"花"字，且对"花"

字出现的位置也有严格的要求。比如，第一个人对"花隐掖垣暮"，第一个字是"花"；第二个人可对"落花人独立"，因为第二个字是"花"；第三个人可对"感时花溅泪"；第四个人可对"白发悲花落"……依次类推。对飞花令的人，可吟诵前人的诗句，也可现场吟作。对于念错了诗句，或是答不上来的人，酒令官会命其喝酒。

到了后来，飞花令也不再是"花"字令的专属。"风"字令、"月"字令、"雪"字令……各种各样的飞花令出现在人们面前。《红楼梦》第一百一十七回中也描写过飞花令。邢大舅在贾家外书房喝酒，和众人"喝着唱着劝酒"。贾蔷提议行"'月'字流觞令"，"还要酒面酒底"。不过，他们才说了三句，便被只会喝酒赌钱的邢大舅打断了，直说"没趣"，还说贾蔷"假斯文"。

后来，飞花令又产生了变化，出现了很多新的行令方法。比如，在行飞花令时，所对诗句中"花"在第几字，就由第几人喝酒。巴金的《家》中曾描写过这样的情景："淑英说一句'落花时节又逢君'，又该下边的淑华吃酒。"

飞花令的形式多种多样，除了对关键字，人们还可对描写同一个地方的诗句。如都是写西安的，人们可对"长安雪后似春归，积素凝华连曙晖""何处可为别，长安青绮门""滞雨长安夜，残灯独客愁"等。

到了现代，飞花令不再严格规定关键字的顺序，只要所对诗词中有此字即可。或许，对文人雅士来说，飞花令的内容和形式并不重要，重要的是行飞花令时的心情。魏晋时期，文人们坐在曲水边，将盛满酒的杯子放在上游，使其顺流而下。酒杯停下来，旁边的人就取而饮之，乘着酒意赋诗。其中意趣，"虽无丝竹管弦之盛，一觞一咏，亦足以畅叙幽情"（王羲之《兰亭集序》）。

本书以风、花、雪、月、春、江、夜、雨、山、林、云、水、天、地、人、情、酒、香、剑、影二十个字展开行令。全书选取古文之精华，开篇对名句进行生动解析。每篇有原文、注释、译文、赏析，结尾还为飞花令爱好者摘录不同飞花字令。

希望读者通过阅读本书，可以近距离感受文人墨客的情怀。

编者

2022年6月

目录

风花雪月

❀ 月

春江夜雨

❀ 春

❀ 江

❀ 夜

山林云水

飞花令·快意淋漓赏唐诗

天地人情

酒香剑影

风花雪月

风

"野火烧不尽，春风吹又生。"在行"风"字令时，这句一定不会被人遗忘，以至于一提到风，人们便会想到希望。实际上，风具有多种含义。在"荷风送香气，竹露滴清响"中，它是清新自然的；在"城阙辅三秦，风烟望五津"中，它又充满离愁别绪。而在行"风"字令时，你只需要对出最符合当下心境的诗句就可以了。

谁知林栖者，闻风坐相悦

"谁知林栖者，闻风坐相悦"出自张九龄的《感遇》组诗的第一首。作者描写了春日里兰草的繁茂与秋日里桂花的高洁。全诗表现了作者不求闻达的隐士心境。

感遇（其一）
张九龄

兰叶春葳蕤①，桂华②秋皎洁。
欣欣此生意，自尔③为佳节。
谁知林栖者④，闻风坐⑤相悦。
草木有本心⑥，何求美人⑦折。

【注释】

①葳蕤：枝叶茂盛貌。

②华：同"花"。

③自尔：自然地。

④林栖者：栖居山林的隐士。

⑤坐：因。

⑥本心：本性，自然的禀赋。

⑦美人：指林栖者及其他相悦的人。

【译文】

春日里的兰草繁茂纷披，秋日里的桂花优雅高洁。这勃勃生机，自然地显出春天和秋天的美好。没想到，隐逸于山间的雅士闻到了兰、桂散发的芬芳，却对它们心生爱慕。草木散发香气本来是它们的天性，哪里是为了让人们摘取欣赏呢？

【赏析】

本首诗约作于开元二十四年（736年），其时张九龄任荆州长史。开元末期，唐玄宗沉溺于声色犬马之中，疏于政事，贬斥张九龄，信任口蜜腹剑的李林甫和拍马逢迎的牛仙客。李林甫和牛仙客结党营私、排除异己，朝政更加腐败。张九龄对此十分不满，写下《感遇》诗十二首，用隐喻的手法抒发了心中的感想。这组诗采用传统的比兴手法，托物寄情，朴素道劲，风调和雅清淡。本诗彰显了作者为国为民、忧谗畏讥的爱国精神，得到了很高的评价。

本篇是《感遇》组诗的第一首，是一首咏物诗。作者一开始运用对偶句描写了两种高雅的植物——兰草和桂花。春日里纷披茂盛的兰草和秋日里淡雅高洁的桂花让各自所属的季节变得迷人可爱。春日里欣欣向荣的兰草，为春季增添勃勃生机；桂叶墨绿，桂花淡黄，更显秋天的高洁。

"欣欣此生意"恰到好处地描述了春兰和秋桂欣欣向荣的景象。"自尔为佳节"指兰草和桂花自然地让春天和秋天变得美丽而富有生机。这里的"自"字好似有所暗示，给人一种孤高自许的感觉，为下文埋下伏笔。

谁料想，兰、桂所散发的清香竟然吸引到隐居山中的"林栖者"，让他们心生喜悦爱慕。行文至此，作者仿佛要开始赞赏"林栖者"高雅的品位。然而，笔锋一转，作者又写下"草木有本心，何求美人折"一句。草木啊，你天生就有高洁的品性，何须美人来攀折？由此可见，前文中"自尔为佳节"是为体现作者孤高自许、不求闻达的心境。

张九龄遭李林甫、牛仙客之流恶意中伤被贬为荆州长史后，政治抱负难以施展，不免失意彷徨。同时，他又不愿与李林甫等人同流合污，因而心生退隐之意。在这首诗中，作者自比为春兰、秋桂，表明自己的高尚德行和情操本是出自天性（草木有本心），而不是以此求人赏识，博取显赫的名声。全诗语意温和儒雅，又蕴藏着力量，柔中带刚，体现了作者坚贞清高的气节。

【飞花解语】

"兰叶春葳蕤，桂华秋皎洁"可对"春"字令。

"谁知林栖者，闻风坐相悦"可对"林"字令。

"草木有本心，何求美人折"可对"人"字令。

野火烧不尽，春风吹又生

"野火烧不尽，春风吹又生"出自白居易的《赋得古原草送别》。作者以原野上茁壮生长的野草为引，将送别和抒情结合起来。作者用通

俗的语言，既写出了与友人的依依惜别之情，又描述了世间万物生生不息这一亘古不变的哲理。全诗通俗易懂，意蕴深厚，朗朗上口。"野火烧不尽，春风吹又生"一句也成为"风"字令中的高频诗句。

赋得古原草送别
白居易

离离①原上草，一岁一枯荣②。
野火烧不尽，春风吹又生。
远芳③侵古道，晴翠④接荒城。
又送王孙⑤去，萋萋⑥满别情。

【注释】

①离离：青草茂盛的样子。

②一岁一枯荣：野草每年都会茂盛一次，枯萎一次。

③远芳：远处的青草。

④晴翠：阳光照耀下的青草明丽翠绿。

⑤王孙：本指贵族后代，此指远方的友人。

⑥萋萋：形容草木长得茂盛。

【译文】

在古原上生长的小草青翠茂盛，进行着枯萎和繁茂的轮回。即使无边的野火也无法将它烧尽，在来年春风的轻轻吹拂下它又生长了出来。远方的青草蔓延到了古时的道路上，阳光照耀下的青草明丽翠绿，连接着荒城。我依依不舍地送别友人，就连这萋萋青草也似乎满是愁绪。

【赏析】

这首诗作于贞元三年（787年），是应试之作。按科场规矩，凡指定、限定的诗题，题目前须加"赋得"二字，作法与咏物诗相似。全诗将送别和抒情结合起来，既描述了与友人的依依惜别之情，又暗述了世间万物生生不息这一不变的哲理。

全诗的头两句"离离原上草，一岁一枯荣"点明主题。繁茂的古原草在春日里恣意生长。作者用"离离"二字抓住了原野上春草生命力旺盛的特征，不着痕迹地化用了"春草生兮萋萋"一句，既打开了全诗的局面，又为下文埋下引子。"一岁一枯荣"，小草岁岁荣枯是自然规律，不可改变。然而，"枯荣"与"荣枯"又有所区别。"荣枯"是先"荣"再"枯"，突出的是万物生长的规律。而"枯荣"突出的是小草的旺盛生命力。作者再用两个"一"字复叠，形成咏叹，突出一种生生不息的力量。

"野火烧不尽，春风吹又生"自然地承接了上两句的情感，是作者根据"枯荣"二字有感而发的。漫天的野火也无法毁灭顽强的原草，只要有一点残根，原草就能在第二年的春天继续生长。作者抓住了原草的特点，并用"野火"这一意象突出这一特点。野火漫天，瞬间将枯草烧得一干二净。作者强调毁灭力量的强大，是为了突出小草的蓬勃生机。野火虽然将原草的茎叶烧光了，却对其深藏地底的根须无可奈何。一场润物无声的春雨，就可以让原草重新焕发生机。诗句语言朴实有力，意境深远。

"远芳侵古道，晴翠接荒城"两句用"侵"和"接"，突出原草的广袤，用"古道""荒城"写出古原的荒凉。而这样荒凉的古原，却因为茂盛的原草，变得"芳"和"翠"。作者目光所及，原草、春阳、古道、荒城，尽收眼底，援笔写来，既描写了所处的场景，又不着痕迹地营造了送别的意境。

诗的最后两句"又送王孙去，萋萋满别情"，为读者描绘了这样一个场景：春阳温暖，春风和煦，春草繁茂，春意盎然。在这美好的日子里，诗人却要送别友人，这是多么让人惆怅的事情啊！这样的别情，真是"离恨恰如春草，更行更远还生"（李煜《清平乐》）。每一片草叶

上似乎都充满了不舍之意，意境浑然天成。

　　全诗语言质朴，流畅工整。作者将生活中的感受巧妙地融入诗句，字字饱含深情，句句富有深意。

【飞花解语】

　　"野火烧不尽，春风吹又生"可对"春"字令。

倚杖柴门外，临风听暮蝉

　　"倚杖柴门外，临风听暮蝉"出自唐代诗人王维的《辋川闲居赠裴秀才迪》。这两句承接首联，描写作者斜倚柴门，吹着温和的秋风，倾听秋日蝉鸣的悠然自得神态。诗中优美的自然景观和意蕴深厚的人文理念融为一体，而其中秀丽的风光、潇洒不羁的人物，更是令人向往。

辋川①闲居赠裴秀才迪②
王　维

寒山转苍翠③，秋水日潺湲④。
倚杖柴门外，临风听暮蝉⑤。
渡头⑥余落日，墟里⑦上孤烟。
复值⑧接舆⑨醉，狂歌五柳⑩前。

【注释】

　　①辋川：水名，在今陕西省蓝田县终南山下。山麓有宋之问的别墅，后归王维。王维在那里住了三十多年，直至晚年。

②裴秀才迪：裴迪，关中人，与王维同时隐居于终南山下。秀才，唐时乡贡进士称秀才。

③转苍翠：由青翠而转苍翠。翠中见灰白色叫苍翠。一作"积苍翠"。

④潺湲（chán yuán）：水流声。这里指水流缓慢的样子，当作"缓慢地流淌"解。

⑤暮蝉：秋后的蝉，这里是指蝉的叫声。

⑥渡头：渡口。

⑦墟里：村落。

⑧值：遇到。

⑨接舆：春秋时楚国的隐士，好养性，假装疯狂，不出去做官。这里以接舆比裴迪。

⑩五柳：陶渊明。这里作者以"五柳先生"自比。

【译文】

秋天的山峰变得郁郁苍苍，秋水日夜不停缓慢地流向远方。我拄着手杖，倚靠在柴门外，迎风细听蝉吟。渡头边一轮红日正缓缓下沉，村子里也升起了一缕炊烟。此时我又碰到接舆般酩酊大醉的裴迪，正在我这五柳先生的门前狂歌。

【赏析】

王维和裴迪是至交，王维晚年时期，两人共同隐居在辋川，常常"浮舟往来，弹琴赋诗，啸咏终日"（《旧唐书·王维传》）。两人游玩畅饮之后，王维作此诗相赠。全诗语言清丽，意境恬淡，意蕴丰富，耐人寻味。

诗的首联"寒山转苍翠，秋水日潺湲"，描写了辋川秀美清丽的秋景。秋水潺湲，缓缓流向远方，好似一条玉带；天色渐渐昏暗，寒山愈显苍翠。其中，"日"字写出了秋水日夜流淌、不慌不忙的闲静。山本

是静立不动的，作者用"转"字，借山色的变化写出其动态。此联有声有色，动静结合，引人入胜。

颔联"倚杖柴门外，临风听暮蝉"，作者在这秋日傍晚的美好景色中加入个人的情趣。辋川秋日的美景如此诱人，哪能轻易让它溜走？作者拄着手杖，伫立在柴门外欣赏美景，又凝神静听秋蝉吟唱。"倚杖"，抒写闲适；"柴门"，代表隐居田园。寥寥十字，作者那超然物外的诗翁形象便跃然纸上。

颈联"渡头余落日，墟里上孤烟"，作者转而写景，景象由远及近，生动和谐。"渡头余落日"，作者选取远处夕阳西沉、天水相接的一瞬间，将日落的动态美和水流的静态美巧妙地融合在一起，动静结合；"墟里上孤烟"中的"上"字，先写出炊烟飘然而上的动态，又写出这炊烟已经升至一定高度。这两句中自然景和生活景相结合，静美秀丽，意趣生动。

"复值接舆醉，狂歌五柳前"，诗的最后，作者将裴迪比作狂士接舆，同时自比为五柳先生。作者与友人的性格虽大相径庭，但都潇洒不羁、超然物外。"复"字写出了作者和裴迪常常相见，又将相见时的喜悦之情提升了一个境界，由此可见两人深厚的情谊。

这首诗首联和颈联写景，写出了辋川秋日的自然美景和生活美景；颔联和尾联写人，写超然物外的作者和潇洒不羁的裴迪。诗中动态美和静态美交相辉映，自然美和人情美相融合，读来回味无穷。

【飞花解语】

"寒山转苍翠，秋水日潺湲"可对"山"字令、"水"字令。

城阙辅三秦，风烟望五津

"城阙辅三秦，风烟望五津"出自唐代诗人王勃的《送杜少府之任蜀州》。此句为叙写分离埋下伏笔，但又不似别的诗中用杨柳、杯盏、离泪等具体的意象来渲染，而是以雄健的笔法描写两地的风景，暗示两地路途遥远，虽不提别离但离别自现。

送杜少府①之②任蜀州③

王 勃

城阙辅三秦④，风烟⑤望五津⑥。
与君离别意，同是宦游⑦人。
海内⑧存知己，天涯⑨若比邻⑩。
无为⑪在歧路⑫，儿女共沾巾⑬。

【注释】

①少府：官名。

②之：往，到。

③蜀州：今四川崇州。

④三秦：这里泛指秦岭以北、函谷关以西的广大地区。项羽灭秦后，将战国时秦国故地分为三部分，分封给章邯、司马欣、董翳等秦朝降将，因称"三秦"。

⑤风烟："风烟"两字名词用作状语，表示行为的处所。

⑥五津：指岷江的五个渡口，白华津、万里津、江首津、涉头津、江南津。这里泛指蜀州一带。

⑦宦（huàn）游：出外做官。

⑧海内：四海之内，即全国各地。

⑨天涯：天边，这里比喻极远的地方。

⑩比邻：并邻，近邻。

⑪无为：无须、不必。

⑫歧（qí）路：岔路。古人送行常在大路分岔处告别。

⑬沾巾：挥泪告别。

【译文】

我在这由三秦之地拱卫着的长安城，遥望你即将前往的风烟笼罩的五津之地。我和你即将分别，我们都是在外做官的人。四海之内只要有你这样的好友，纵使你我远隔千山万水，也好似同邻而居。在分手的路上，请你不要像那些小儿女一样让悲伤的泪水洒满衣襟。

【赏析】

这是一首送别的名作。与一般离别诗不同，此诗的主旨是劝勉朋友分离时不要过度悲伤。诗中情感跌宕起伏，意境旷达高远，语言明快爽朗，情绪洒脱高昂，将作者那高远的志向和旷达的胸襟表现得淋漓尽致。

"城阙辅三秦，风烟望五津。"首联二句，作者遥思遐想，用夸张的手法，描写了一幅壮阔的景象。三秦之地肃然拱卫着宏伟壮丽的都城长安，由此遥望蜀州，一路上风烟渺渺，山水迢迢。身在长安，作者连三秦之地都不得尽览，更别提遥远的蜀州了，此句暗含离别之意。

"与君离别意，同是宦游人。"颔联紧紧承接首联，描写了离别时两人的情绪。这两句诗句蕴含了怎样的情感？首先，两人同为在外做官的游子，这是漂泊的愁绪；两人此时又要别离，这是别离的感伤。伤感一重又一重地压在两人的胸口，形成全诗气氛的最低点。

"海内存知己，天涯若比邻。"境界陡然直升，一种豪迈的气概由此而生。只要这茫茫天地间有你这样的知心朋友，即使你我远隔千山万水，也好像邻居一样。此句点出两人的友谊是永恒的，是不受时空限制的，句中作者豁达乐观的心境，也将先前低迷的离愁别绪一扫而空。

"无为在歧路，儿女共沾巾。"最后，作者劝慰友人不要像小儿女那样，在分别时让泪水洒满衣襟。作者告诉友人：我们这样深厚的友谊，即使遥隔千山万水，也是心意相通的。作者在此吐露情怀，犹如乐曲的尾章，余音袅袅。作者和友人之间真挚的情谊，也随着这句叮咛，悄然浮现在读者眼前。

【飞花解语】

"海内存知己，天涯若比邻"可对"天"字令。

荷风送香气，竹露滴清响

"荷风送香气，竹露滴清响"出自唐代诗人孟浩然的《夏日南亭怀辛大》。此句描写了作者夏日傍晚沐浴乘凉时的美妙感受。作者用"送"字和"滴"字，将荷花清淡的香气、露水滴答时微小的声响勾勒得生动传神。

夏日南亭怀辛大①
孟浩然

山光②忽西落，池月③渐东上。
散发④乘夕凉，开轩⑤卧闲敞。
荷风送香气，竹露滴清响⑥。
欲取鸣琴⑦弹，恨⑧无知音赏。
感此⑨怀故人，中宵⑩劳梦想。

【注释】

①辛大：辛谔，作者同乡，隐居西山，后被征辟入幕。

②山光：落山的日光。

③池月：池边的月色。

④散发：披散开头发。古代男子平时束发于顶，散发则表示闲适、潇洒。

⑤开轩：开窗。

⑥清响：清脆的声响。

⑦鸣琴：琴。用阮籍《咏怀》"夜中不能寐，起坐弹鸣琴"诗意。

⑧恨：遗憾。

⑨感此：有感于此。

⑩中宵：中夜，半夜。

【译文】

山边的夕阳不知不觉已经西沉，一轮圆月从东边的池水上缓缓升起。沐浴后，我散开头发，享受晚间的清凉；推开窗户，我悠闲地躺在清静而宽敞的南亭中。轻柔的凉风带来阵阵荷花的香气，露水从竹叶上滑落，发出清脆的声响。我想要取出鸣琴弹奏一曲，可惜没有知音来共同欣赏。这让我更加思念你这个老友啊，无奈只能在梦中与你一起观赏。

【赏析】

此诗描述了作者夏日夜间乘凉时悠然自得的生活，抒发了作者对老朋友的思念。

"山光忽西落，池月渐东上。"作者点出这次纳凉的时间和周围的景象。山边的夕阳不知不觉已经西沉，一轮圆月缓缓升起。此句不单是写景，作者还通过"忽"字和"渐"字将自己的主观感受融入诗中。夏日炎热可畏，却忽而西沉，素月清凉，渐渐东升，表达了作者愉悦舒适的感受。

"散发乘夕凉，开轩卧闲敞。"作者沐浴后散发闲卧，开窗纳凉。陶渊明曾言"五六月中北窗下卧，遇凉风暂至，自谓是羲皇上人"。由此可见，作者在素月普照、凉风徐来的夜晚纳凉，身心得到了极大的满足。

"荷风送香气，竹露滴清响。"作者进一步描写纳凉时的惬意感受。荷花香气清新淡雅，故需凉风相送；露离竹叶，其声微小清脆，却清晰入耳，更显静谧。在这样美好的夜晚，作者心中忽生鸣琴之意。

"欲取鸣琴弹，恨无知音赏。"据说古人弹琴时，需沐浴宽衣，凝神静气，方能弹出佳曲。作者本来想在此鸣琴，但苦于没有知音，心中也渐渐苦闷。

"感此怀故人，中宵劳梦想。"弹琴而不得，作者心中生起淡淡的惆怅，愈发想念自己的好友辛大，想在梦中与他一起纳凉，鸣琴共赏。作者用一个美好的梦境作为结尾，其情意深浓，极有余味。

【飞花解语】

"山光忽西落，池月渐东上"可以对"山"字令、"月"字令。

一日，苏轼、晁补之、秦少游一同拜访佛印，佛印邀请他们喝智慧酒。饮酒前，佛印提出行酒令，规则是开头要有落地无声之花，中间要用人名贯串，结尾要用诗句作结。众人皆赞同。

苏轼说："雪花落地无声，抬头见白起。白起问廉颇：如何不养鹅？廉颇曰：白毛浮绿水，红掌拨清波。"晁补之接着说："笔花落地无声，抬头见管仲。管仲问鲍叔：如何不种竹？鲍叔曰：只需两三竿，清风自然足。"

秦少游想了想，说："蛀屑落地无声，抬头见孔子。孔子问颜回：如何不种梅？颜回曰：前村深雪里，昨夜一枝开。"佛印微微一笑，说："天花落地无声，抬头见宝光。宝光问维摩：僧行近如何？维摩曰：对客头如鳖，逢斋项似鹅。"

说完，四人相视一笑，举杯共饮。

感时花溅泪，恨别鸟惊心

"感时花溅泪，恨别鸟惊心"出自唐代诗人杜甫的《春望》。"花"本无情却"溅泪"，鸟亦无恨而"惊心"。此句中，作者移情于景，抒发自己对国家残破、今不如昔的哀叹。全诗用语凝练，对仗工整，情感真挚，意蕴深厚，为世人广为传诵。

春望

杜甫

国①破②山河在，城春草木深③。

感时④花溅泪，恨别⑤鸟惊心。

烽火⑥连三月，家书抵⑦万金。

白头搔⑧更短，浑⑨欲不胜簪⑩。

【注释】

①国：国都，指长安（今陕西西安）。

②破：陷落。

③草木深：指人烟稀少。

④感时：为国家的时局而感伤。

⑤恨别：怅恨离别。

⑥烽火：古时边防报警的烟火，这里指安史之乱的战火。

⑦抵：值，相当。

⑧搔：用手指轻轻地抓。

⑨浑：简直。

⑩簪：一种束发的首饰。古代男子蓄长发，成年后束发于头顶，用簪子横插住，以免散开。

【译文】

山河虽然还在，可国都已经残破不堪了。长安城的春天一片荒凉，杂草丛生。我因时局而伤感，见到花开黯然流泪；内心充满惆怅和怨恨，听到鸟鸣就觉得惊心动魄。战争持续了许久还没有停止，此时的一封家书抵得过万两黄金。我心中忧虑，满头的白发越搔越稀疏，简直连发簪都插不上了。

【赏析】

安史之乱时，唐玄宗逃往四川，太子李亨在灵武（今属宁夏）即

位，世称肃宗。杜甫闻讯，将妻儿安置在鄜州的羌村，自己孤身投效肃宗朝廷，路上不幸被叛军俘虏，囚禁于长安城。杜甫被囚禁时，眼见国都残破，心忧妻子儿女，于是写下此诗。

诗的首联"国破山河在，城春草木深"，是写作者眼前之所见：山河虽在，可国都却变得残破不堪，长安城的春天也变得一片颓败，杂草丛生。作者心中的长安春天原本是繁华热闹、鲜花盛开、游人如织的，可经过这场战乱，长安已经变得破败不堪了。"国破"和"城春"对比鲜明，"深"字又突出了草木杂生、满目凄然的景象。作者睹物伤情，心中满是哀叹。

"感时花溅泪，恨别鸟惊心"，花本没有情感却"溅泪"，鸟本没有爱恨而"惊心"。作者移情于景，借景抒情。春天的花朵应该是绚丽多彩的，鸟鸣也应该是悦耳动听的，可作者心忧国家残破，怨恨战乱让自己和家人分离，再美丽的景象都变得令人哀伤忧愁了。作者在此处以乐景写哀情，更显得哀之深切。

"烽火连三月，家书抵万金"，此时的战乱已经持续了许久，但是依然没有停止。作者忧心家中妻子，此时的一封报平安的家信能抵得过万两黄金。一句"家书抵万金"，包含了作者心中多少相思，多少愁怨，多少牵挂！由于战乱让作者与家人分隔两地，音讯隔绝，这"抵万金"的慨叹流露出作者对和平的向往，自然能引起人们的共鸣。

"白头搔更短，浑欲不胜簪"，此时国家内忧外患，妻子音讯隔绝，自从战乱以来就一路奔波劳碌的作者又被囚禁于长安，他心中焦虑至极，频频搔首，不觉头发渐渐稀疏，连发簪都快插不上了。作者从国破家亡写到自己满头白发，搔首解忧忧更忧。

【飞花解语】

"国破山河在，城春草木深"可对"山"字令和"春"字令。

"烽火连三月，家书抵万金"可对"月"字令。

待到重阳日，还来就菊花

"待到重阳日，还来就菊花"出自孟浩然的《过故人庄》。本诗中，作者用平淡无奇的字眼描述和老友相约重阳的片段，生活气息浓厚，没有任何的雕琢和粉饰，读起来清新宜人，自然流畅。

过故人庄①

孟浩然

故人具鸡黍②，邀③我至田家。

绿树村边合④，青山郭⑤外斜。

开轩面场圃⑥，把酒⑦话桑麻。

待到重阳日⑧，还来就⑨菊花⑩。

【注释】

①庄：田庄、农舍。

②鸡黍：鸡肉和黄米饭。这里指招待客人的丰美饭菜。

③邀：邀请。

④合：环绕、围绕。

⑤郭：古代的城墙有内外两重，内为城，外为郭。这里指村庄的外墙。

⑥圃：种植蔬菜瓜果的园子。

⑦把酒：把，拿起、端起。"把酒"的意思是端起酒杯，这里代指喝酒。

⑧重阳日：九月初九重阳节，古人在这一天有登高、饮菊花酒的习俗。

⑨就：接近、靠近。

⑩菊花：观赏菊花。

【译文】

老朋友准备了饭菜，邀请我到他的农舍做客。翠绿的树木环绕着村庄，远远地，我们可以看见村子外面横卧的青色山峦。我们推开窗户，面对着打谷场和菜园，一起喝酒、聊天，谈论庄稼生长的情况。离别之际，我和朋友约好，等到重阳节的时候，再来此地一起欣赏菊花。

【赏析】

《过故人庄》是一首五言律诗，描写了作者孟浩然应老朋友之邀，到其农舍做客的经过。

"故人具鸡黍，邀我至田家"，这一句毫无雕琢的痕迹，像极了平日里轻松自如的家常话，而"鸡"和"黍"都是农家常见的食物，说明老朋友并没有特意为作者准备丰盛的食物，体现了两人友谊的真挚和淳朴。

"绿树村边合，青山郭外斜"，从近到远描写了乡村美景。"绿树"和"青山"相呼应，仅用了"合"和"斜"两个字，就向读者展现出一幅恬静的田园风光图，令人心驰神往。

"开轩面场圃，把酒话桑麻"，老朋友相聚，喝酒、聊天自然是少不了的，作者仅用"场圃""把酒""桑麻"寥寥数字，就勾勒出田园生活的乐趣和安逸。

"待到重阳日，还来就菊花"，与老朋友告别之际，作者主动提出重阳节时还要来和老朋友一起赏菊。作者对田园生活的依依不舍、与老朋友"话桑麻"的意犹未尽，跃然纸上。

孟浩然是山水田园诗人，其诗风格清淡自然。《过故人庄》是孟浩然田园诗中的代表作，全诗颇有"清水出芙蓉，天然去雕饰"之美。对生活在快节奏之下的现代人来说，闲暇时读一读、品一品，就如同用一捧山泉洗净心灵的蒙尘，在浮华与喧嚣中收获一份安宁与洒脱。

"绿树村边合，青山郭外斜"可对"山"字令。

"开轩面场圃，把酒话桑麻"可对"酒"字令。

相见时难别亦难，东风无力百花残

"相见时难别亦难，东风无力百花残"出自唐代诗人李商隐的《无题》。句中有两难，一是两人历经千辛万苦、饱受磨难才见得一面的相见之难；二是重逢后又要分离的离别之难。这两难，使主人公和心上人之间坎坷而坚定的爱情显得真挚动人。

无 题①

李商隐

相见时难别亦难，东风②无力百花残。

春蚕到死丝③方尽，蜡炬成灰泪④始干。

晓镜⑤但愁云鬓⑥改，夜吟应觉⑦月光寒。

蓬山⑧此去无多路，青鸟⑨殷勤⑩为探看。

【注释】

①无题：唐代以来，有的诗人不愿意标出能够表示主题的题目时，常用"无题"做标题。

②东风：春风。

③丝：与"思"谐音，以"丝"喻"思"，含相思之意。

④泪：指燃烧时的蜡烛油。这里取双关义，指相思的眼泪。

⑤晓镜：早晨梳妆照镜子。镜，用作动词，照镜子的意思。

⑥云鬓：青年女子多而美的头发，这里代指青春年华。

⑦应觉：设想之词。

⑧蓬山：蓬莱山，传说中海上仙山，这里指所思念者居住之所。

⑨青鸟：神话中为西王母传递音讯的神鸟。

⑩殷勤：情意深厚。

【译文】

相见的机会当真是来之不易，而别离时更是难舍难分，更何况此时正是东风渐歇、百花凋谢的暮春时节。春蚕直到死亡时，才会停止吐丝；蜡烛要燃烧成灰烬的时候，像眼泪一样的蜡油才会流干。我晨起照镜自赏，如云一般的鬓发悄然改变了颜色；夜晚你心怀愁思，吟诗咏怀时应当觉得月光凄寒。从这里到海上的蓬莱山，并没有相隔太过遥远。青鸟啊，劳烦你为我探望我的心上人！

【赏析】

本诗是一首爱情诗，描写了一位女子对心上人的挚爱和深沉思念。

首联"相见时难别亦难，东风无力百花残"，是写作者与心上人别离时的痛苦感受。两人历经千辛万苦、饱受磨难才见得一面，重逢后又要分离，这短暂的相聚让分离变得如此苦痛。相聚时的点点深情和离别时的依依不舍，尽在其中。

颔联"春蚕到死丝方尽，蜡炬成灰泪始干"，作者以春蚕和蜡烛比喻自身。"丝"与"思"同音，前半句是说自己对爱人的思念好像春蚕一样，至死方休。"蜡炬成灰泪始干"是写极度相思却不得相聚，心中的痛苦犹如烛泪一样，烧成灰才得以消尽。这两句比喻贴切，形象生动，是千古流传的佳句。

颈联"晓镜但愁云鬓改，夜吟应觉月光寒"，作者以女性角度，感叹青春流逝，云鬓悄然泛白，夜深吟咏，只觉月光凄寒。"云鬓改"有两个原因：一是韶华易逝；二是为相思所累。而"月光寒"则是由生理上的感觉转到心理上的感觉，即孤身一人感受到寒凉。"应"字写出了这一切是作者的揣摩，其相思之情溢于言表。

"蓬山此去无多路，青鸟殷勤为探看"，蓬莱山在古时是一座不可寻觅的仙山，在此指女子的居所；青鸟则是传说中西王母的信使。作者用神话中的形象来抒写相思，期望青鸟来改变目前难以相聚的局面，这无疑是水中捞月。诗到此处完结，可主人公的这段缠绵凄苦的爱情，却不知何时才能完结。

《唐诗贯珠》对此诗有过这样的评价："此首玩通章，亦圭角太露，则辞藻反为皮肤，而神髓另在内意矣。若竟作艳情解，近于怒张，非法之善也。细测其旨，盖有求于当路而不得耶？"

【飞花解语】

"相见时难别亦难，东风无力百花残"可对"风"字令。

"春蚕到死丝方尽，蜡炬成灰泪始干"可对"春"字令。

"晓镜但愁云鬓改，夜吟应觉月光寒"可对"云"字令、"夜"字令和"月"字令。

白发悲花落，青云羡鸟飞

"白发悲花落，青云羡鸟飞"一句出自唐代诗人岑参的《寄左省杜拾遗》。此句是说作者见庭院中的花朵凋零，心生感伤，见天空中的鸟儿自由飞翔，心生羡慕。作者此时在朝中担任谏官，为朝政查漏补缺，可肃宗朝廷昏庸腐朽，在位者尸位素餐，不思进取，不能纳谏。作者用这两句表达了自己对在朝廷里虚度光阴的无聊人生的厌倦和对自己生活的钦美，突出了诗人对皇帝不善纳谏的伤感和绝望。

寄左省^①杜拾遗

岑 参

联步^②趋丹陛^③，分曹限紫微^④。

晓随天仗^⑤入，暮惹^⑥御香^⑦归。

白发悲花落，青云羡鸟飞。

圣朝无阙^⑧事，自觉谏书稀。

【注释】

①左省：门下省，居左署，故称"左省"。

②联步：同行。

③丹陛：皇宫的红色台阶，借指朝廷。

④紫微：古人以紫微星垣比喻皇帝居处，此指朝会时皇帝所居的宣政殿。中书省在殿西，门下省在殿东。

⑤天仗：指皇家的仪仗。

⑥惹：沾染。

⑦御香：朝会时殿中设炉燃香。

⑧阙：同"缺"，过错，缺失。

【译文】

早朝时我和你一同踏上红色台阶，我们的办公场所处于宣政殿的两边。早晨我们跟着皇家的仪仗进入大殿，到了傍晚带着御炉的香气回到家中。我满头白发，看到春花凋落不禁心生惋惜；遥望万里青天，羡慕鸟儿可以高飞。如今皇帝圣明，政事没有纰漏，我觉得上书规谏的奏章日益稀少。

【赏析】

此诗是作者寄赠给杜甫的一首讽喻诗，其时岑参担任右补阙，职责与担任左拾遗的杜甫一样——上书规谏朝廷。此诗辞藻华丽，意蕴曲折，看似赞美朝廷圣明，其实隐含着讽刺之意。

首联"联步趋丹陛，分曹限紫微"，作者写上朝和工作时的环境，"丹陛"是指上朝时的石阶被涂抹成了红色，象征着皇帝的威严。"紫微"指皇帝办公和居住的场所。他与杜甫虽同为谏官，但一位是左拾遗，一位是右补阙，一左一右，故办公地点也被"紫微"——宣政殿相隔。

颔联"晓随天仗入，暮惹御香归"，作者用"天仗""御香"等字眼描述宫廷的气派。然而，通过此句，我们还能看到官僚生活的呆板、无聊、空虚、老套。他们日复一日地上朝下朝，早出晚归，看似一心为公，实则空虚无聊，徒惹御香而归，却无有益于家国的实举。

颈联"白发悲花落，青云羡鸟飞"，其中的"悲"字是全诗情感的体现。作者见朝中同僚皆浑浑噩噩，每天煞有介事地研究时事，却拿不出治世良策。作者身处其中，早已厌倦了官场繁文缛节的束缚，只觉得蹉跎岁月，故见春花凋落时心怀感伤，见鸟飞青天时心生羡慕。

尾联"圣朝无阙事，自觉谏书稀"，这句看似歌颂朝廷圣明，实际是隐含着讽刺。昏庸的统治者以圣明自诩，自以为"无阙事"，并以此为借口拒谏。这两句是全诗的高潮，抒发了作者对朝政的失望和对自己蹉跎岁月的叹息。

全诗辞藻华丽，笔意曲折，运用了反讽的手法，讽刺肃宗的昏庸无能和当朝者的碌碌无为，抒发作者心中的幽愤之情。

【飞花解语】

"晓随天仗入，暮惹御香归"可对"天"字令。

"白发悲花落，青云羡鸟飞"可对"云"字令。

雪

"乱山残雪夜，孤独异乡春。"诗人身处乱山，看窗外纷飞的雪花，不觉已是深夜。正值佳节，自己却身处异乡。何以解忧？只能与刚刚认识的朋友一起行"雪"字令，将对家乡的思念寄托在这些诗句中。

路出寒云外，人归暮雪时

"路出寒云外，人归暮雪时"一句出自唐代诗人卢纶的《送李端》，是一首五言律诗。作者在寒冬时节送友人离开，此时天空阴云密布，远远望去，友人渐行渐远的身影好似进入云中。作者在此伫立眺望，目送好友，但此时又下起大雪，不得不转身回家。两人依依不舍的别情，尽显此句。

送李端①
卢 纶

故关②衰草③遍，离别正④堪悲。

路出寒云外⑤，人归暮雪时。

少孤⑥为客早，多难识君迟。

掩泪空相向，风尘⑦何处期。

025

①李端：作者友人，与作者同属"大历十才子"。

②故关：故乡。这里指送别的地方。

③衰草：枯草。

④正：一作"自"。

⑤"路出"句：路伸向云天外，写道路遥远漫长。

⑥少孤：少年丧父、丧母或父母双亡。

⑦风尘：指社会动乱，世事纷争。

【译文】

我的故乡已是遍地枯草，此时离别，真让人难忍悲伤。你离去的道路一直延伸到寒云之外，我在傍晚时的纷纷暮雪中归来。我自幼丧父，很早就漂泊他乡；在这世事纷乱多灾多难之时，我又叹息太晚与你相识。我望着你离去的方向徒然地掩面流泪，在这纷繁的乱世，我们何时还能见面？

【赏析】

此诗为送别诗，诗中叙写了在离乱中和好友分别时依依不舍的别情，抒发了作者心中对无常世事的慨叹和对身世的感伤。

首联"故关衰草遍，离别正堪悲"，作者直抒胸臆，抒写离别伤悲。这次分离的季节是寒冷的冬季，作者的家乡荒草遍地，呈现枯黄衰败的情景。与好友别离本身就已经让人悲伤，这满地的枯草让别离的悲伤愈发浓厚。

颔联"路出寒云外，人归暮雪时"，作者一路相送，与友人分别后依然伫立远眺，目送友人。此时天空阴云密布，友人离去的道路蜿蜒曲折，被这寒云遮掩，看不到尽头。作者凝视着友人渐行渐远的身影，不愿离去，直到暮雪纷纷，才转身离开。

颈联"少孤为客早，多难识君迟"，是作者对自己坎坷身世的描

述，也是对和李端相识恨晚的慨叹。"少孤为客早"，写作者早年丧父，漂泊他乡，这是一层悲伤；"多难识君迟"，写在这世事纷乱、四方多难时，与李端相见恨晚，这又是一层悲伤。"早"和"迟"相对应，对仗工整，却自然而然，一股悲凉的气息油然而生。

尾联"掩泣空相向，风尘何处期"，作者掩面流泪，盼望和友人能够早日相见，却又担心在这乱世，再无相见之期。全诗的情感落在"悲"字上，既是和友人的离别之悲，又是对国家动荡不安的忧愁之悲。

【飞花解语】

"路出寒云外，人归暮雪时"可对"云"字令。

"掩泪空相向，风尘何处期"可对"风"字令。

孤舟蓑笠翁，独钓寒江雪

"孤舟蓑笠翁，独钓寒江雪"出自唐代诗人柳宗元的《江雪》。此句将一位独钓的渔翁放入浩渺无际的漫天江雪中，显出渔翁的清高出尘。此时，作者被贬谪为永州司马，对颓势初现的唐朝失望无比。此诗中这独钓的渔翁，何尝不是作者的自比呢？

江　雪
柳宗元

千山鸟飞绝①，万径②人踪③灭。

孤舟蓑笠④翁，独钓寒江雪。

【注释】

①绝：无，没有。

②万径：虚指，指千万条路。

③人踪：人的脚印。

④蓑笠（suō lì）：蓑衣和斗笠。

【译文】

千万座高山上都不见一只飞鸟，所有的道路上也不见有人的脚印。孤零零的小舟上有一位披着蓑戴着笠的渔翁，独自在这漫天大雪的寒江上垂钓。

【赏析】

柳宗元被贬谪到永州之后，精神上极度压抑。他虽官居永州司马，但没有实权，完全是被地方官员监视的"罪犯"。于是，他纵情山水，通过写诗来表达自己心中的幽愤，《江雪》就是在这种情况下写成的。

本诗是一首山水诗。和一般的山水诗不同，本诗中没有花鸟鱼虫的自然情趣，也没有名山大川的雄浑峻美，只有一场铺天盖地的大雪和垂钓的老翁。

"千山鸟飞绝，万径人踪灭"，作者用了一半的篇幅来为老翁铺设背景：山上不见一只飞鸟，路上也不见人迹。作者此处用"绝""灭"两字，将雪天的肃杀、寂静的气氛渲染了出来。"千山"和"万径"又将这样的空寂扩大千万倍，读者此时好似处于千里冰封、万里雪飘的雪海中。

作者用"千""万""绝""灭"四个字，将茫茫雪海勾勒了出来。作者将这苍茫的背景大笔勾出，笔力雄健，气势非凡，为下两句蓄势，也为渔翁的形象做了铺垫。

诗的后两句"孤舟蓑笠翁，独钓寒江雪"，千山是雪，万径也是雪，渔翁身上也落满雪花，这雪铺天盖地，才使得"鸟飞绝""人踪

灭"。江水流淌，雪入水即融，故江中应无雪；但作者用"江雪"两字，将江和雪相连接，形成了"天地一笼统"的浩茫场景。

在这样一个漫天大雪的世界中，这老翁似乎忘记了外界的一切，专心垂钓。他的身影是如此孤寂，他是如此清高，他就那样静静地垂钓着，像一个不食人间烟火的神仙。

作者此时被贬谪到远离京城的永州，对颓势渐显的唐王朝已然失望。诗中的老翁，就是作者的精神寄托。在当时险恶的政治环境的迫害下，诗人仍如渔翁一样，孤高清傲、凛然不屈，这是多么令人敬佩啊！

这首诗以渔翁的形象自喻，意蕴深厚。

【飞花解语】

"千山鸟飞绝，万径人踪灭"可对"山"字令。

"孤舟蓑笠翁，独钓寒江雪"可对"江"字令。

乱山残雪夜，孤独异乡人

"乱山残雪夜，孤独异乡人"一句出自唐代诗人崔涂的《除夜有感》。此句描写了除夕夜景的凄清：作者身处乱山中，飘飞的大雪直到半夜才停止；此时正是除夕，自己却独在异乡。面对此情此景，作为羁旅在外的游子，作者心中的寂寥落寞该是何等浓厚！

除夜①有怀

崔 涂

迢递②三巴③路，羁危④万里身。

乱山残雪夜，孤独异乡人。

渐与骨肉远，转于⑤童仆亲。

那堪正漂泊，明日岁华⑥新。

【注释】

①除夜：除夕夜，即阴历十二月最后一天的晚上。

②迢（tiáo）递：遥远的样子。

③三巴：巴郡、巴东、巴西的合称，在今四川、重庆、湖北境内。

④羁（jī）危：指漂泊于三巴的艰险之地。

⑤转于：反与。

⑥岁华：年华。

【译文】

巴东、巴西和巴郡，离我的家乡那么遥远，我独自一人漂泊在这万里之外的艰险困苦之地。眼前群山错乱，飘飞的大雪下到夜深才停止；只有一支孤零零的蜡烛，陪伴我这个异乡客人。我与家乡的亲人越来越远，和身边的仆童越来越亲近。我哪里受得了这漂泊的生涯呢？这除夕夜一过，明天又是新的一年了。

【赏析】

崔涂一生多漂泊在四川和陕西一带，与故乡远隔万里，因此他的诗作大多抒写羁旅的愁苦和思乡之情。此诗是他除夕夜时羁旅在外，心中想念家乡所作，抒发了对自己漂泊身世的叹息。

首联"迢递三巴路，羁危万里身"，作者描写自己去乡万里、独自飘零的身世。"三巴"是对巴郡、巴东、巴西的合称。古时，此地山水重重，交通不便；作者只身处于这重重山水中，不免心生伤悲。

颔联"乱山残雪夜，孤独异乡人"，作者描写了眼前凄凉清冷的除夕夜景。山峦叠乱，大雪纷飞，作者独自一人栖身这山野之中，只有一支蜡烛陪伴。除夕夜本应是阖家团圆，与家人举杯换盏，共庆佳节，可

作者却犹如风中的蓬草，去乡万里。

颈联"渐与骨肉远，转于童仆亲"，作者想到自己与家乡的亲人越来越远，远隔万水千山，和身边的仆童却越来越亲密。"渐与"和"转于"对应，写出作者和家人分别的无可奈何，更深切地表现出作者的思乡之情。

尾联"那堪正漂泊，明日岁华新"，这样的除夕夜让作者不堪忍受。除夕一过，第二天便是新的一年，作者将希望寄托于新的一年中。这样写，使作者的漂泊之感更显真切，其孤苦无依的形象也更加动人。

【飞花解语】

"乱山残雪夜，孤独异乡人"可以对"山"字令和"夜"字令。

万里寒光生积雪，三边曙色动危旌

"万里寒光生积雪，三边曙色动危旌"一句出自唐代诗人祖咏的《望蓟门》。此句写作者登台远眺，见到绵延万里的皑皑白雪与将士们盔甲的寒光相辉映，高悬的战旗在寒风中猎猎作响的景象。作者通过对景物的描写，烘托出边关兵城的肃穆和军容的严整，令人震撼。

望蓟门①
祖 咏

燕台②一去③客④心惊，笳⑤鼓喧喧汉将营。

万里寒光生积雪，三边⑥曙色动危旌⑦。

沙场烽火⑧侵胡月，海畔云山拥蓟城。

少小虽非投笔吏⑨，论功还欲请长缨⑩。

【注释】

①蓟门：在今北京西南，唐时属范阳道管辖，是唐朝屯驻重兵之地。

②燕台：原为战国时燕昭王所筑的黄金台，这里代指燕地，用以泛指平卢、范阳这一带。

③一去：一作"一望"。

④客：作者自称。

⑤笳：汉代流行于塞北和西域的一种类似于笛子的管乐器，此处代指号角。

⑥三边：古称幽、并、凉为三边。这里泛指当时东北、北方、西北边防地带。

⑦危旌：高扬的旗帜。

⑧烽火：古代用于军事通信的设施。遇敌情时点燃，以传警报。

⑨投笔吏：汉人班超家贫，常为官府抄书以谋生，曾投笔叹曰："大丈夫无它志略，犹当效傅介子、张骞立功异域，以取封侯，安能久事笔砚间乎？"后终以功封定远侯。

⑩请长缨：汉人终军曾向汉武帝请求："愿受长缨，必羁南越王而致之阙下。"后为南越相所杀，年仅二十余。

【译文】

登上燕台，眼前的景象不由得让我心惊，那笳鼓喧天之地原来是汉军的军营。万里积雪笼罩着耀眼的寒光，边地的曙光照着高悬的军旗，军旗在寒风中猎猎作响。战场的烽火直逼胡地的月亮，南边的渤海和北边的云山拱卫着蓟门城。我虽然年少时没有像班超那样投笔从戎，如今却要像终军那样向朝廷请缨。

【赏析】

本诗描写了作者登燕台眺望蓟门关后，见到的壮丽景象，抒写了作

者想要投笔从戎、报效祖国的慷慨激情。

首联"燕台一去客心惊，笳鼓喧喧汉将营"，"燕台"在此代指燕地，"燕台一去"是倒装结构，作者将"燕台"放在句首，起到了先声夺人的艺术效果。作者初来乍到，耳边传来喧闹的笳鼓声，登台远眺，发现是从汉人军营中传来的，其景象肃穆，不禁让人"心惊"。

"万里寒光生积雪，三边曙色动危旌"，作者继续渲染这种心惊：此时的蓟门已经是寒冬时节，登台远眺，目之所及皆是皑皑白雪。作者不知道这雪下了多久，也不知道这雪有多厚，但只看这雪中反射的寒光，就足以让人目眩神驰。"三边曙色动危旌"，作者往高处看，日暮时分高空的景色昏暗模糊，只能看到军中的战旗迎着寒风猎猎作响，军营中肃穆庄严的气象让人心向往之。

"沙场烽火侵胡月，海畔云山拥蓟城"，作者从两个角度抒写边关战事。前半句"沙场烽火侵胡月"是作者遥想边关的战火一直攻打到胡人的国界，其军威之盛，其战力之强，无不令胡人胆战心惊，战场中的火光、月光和雪地反射的寒光交织成片，显得异常壮美；后半句"海畔云山拥蓟城"写蓟门关靠海连山，是一座天然的军事重镇，其优越的地形让侵略者寸步难行。

"少小虽非投笔吏，论功还欲请长缨"，作者被这边关壮丽的景象折服，被军士们一往无前、奋勇杀敌的勇气感染，欲效仿终军，向国家请缨。

诗中山川形胜雄伟壮丽，诗的格调也慷慨激昂，振奋人心，"亦是盛唐正声"（《唐贤三昧集笺注》）。

【飞花解语】

"沙场烽火侵胡月，海畔云山拥蓟城"可对"月"字令、"云"字令和"山"字令。

回乐峰前沙似雪，受降城外月如霜

"回乐峰前沙似雪，受降城外月如霜"出自唐代诗人李益的《夜上受降城闻笛》。此句写作者登楼远眺，眼中所见到的塞外月夜的独特景象：白沙似雪，月华如霜。霜和雪都会让人觉得寒冷凄凉，这样的比喻带有浓浓寒意，为后面抒发思乡之情烘托气氛。

夜上受降城①闻笛
李 益

回乐峰②前沙似雪，受降城外③月如霜。
不知何处吹芦管④，一夜征人⑤尽⑥望乡。

【注释】

①受降城：唐初名将张仁愿为了防御突厥入侵，在黄河以北筑受降城（分东、中、西三城，都在今内蒙古自治区境内）。另有一种说法是：贞观二十年（646年），唐太宗亲临灵州接受突厥一部的投降，"受降城"之名即由此而来。

②回乐峰：唐代有回乐县，灵州治所，在今宁夏回族自治区灵武市西南。回乐峰即当地山峰。一作"回乐烽"，指回乐县附近的烽火台。

③城外：一作"城上"，一作"城下"。

④芦管：笛子。一作"芦笛"。

⑤征人：戍边的将士。

⑥尽：全。

【译文】

回乐峰前的沙地像雪一样洁白细腻，受降城外的月色犹如秋天的寒霜。不知何处响起了凄凉的芦笛声，令征戍边关的将士们个个眺望故乡。

【赏析】

本诗抒发了征戍边关的将士们对故乡的思念之情。全诗意蕴曲折，从多个角度抒写征人的愁怨，情景交融，感人肺腑。

前两句"回乐峰前沙似雪，受降城外月如霜"，写作者登楼远眺，眼中所见到的塞外月夜的独特景象：蜿蜒曲折的回乐峰前是一片广袤无垠的沙漠，在月光照耀下白沙似雪；抬头望月，这月光洒下的清辉好似深秋的寒霜。

王国维在《人间词话》中说："一切景语，皆情语也。"作者在此处用霜和雪这样的意象，是因为霜、雪都有寒冷凄凉之意，作者不仅写出了受降城外的清冷孤寂，还用这凄切的景象来渲染将士们凄凉哀怨的心境。

本诗的前两句，作者从视觉的角度，以凄凉的环境烘托将士们心中的悲怨。诗的第三句"不知何处吹芦管"，作者又从听觉的角度对哀怨之情进行更深层次的描写。芦管声音幽远呜咽，此时作者耳边传来凄怆之声。作者望着这茫茫荒漠，倍觉孤单彷徨。征戍边关的将士们也纷纷披衣而起，眺望自己的故乡。

"一夜征人尽望乡"这句，作者直截了当地写出征人们的思乡之情。但作者不是直接描写将士们的心理，而是通过对人物动作的描写，即以将士们回首眺望家乡这一饱含深情的动作，来表现他们的思乡之情。

《诗境浅说续编》这样评价这首诗："对苍茫之夜月，登绝塞之孤城，沙明讶雪，月冷疑霜，是何等悲凉之境！起句以对句写之，弥见雄厚。后二句申足上意，言荒沙万静中，闻芦管之声，随朔风而起，防秋多少征人，乡愁齐赴，则己之郁伊善感，不待言矣。"

【飞花解语】

"回乐峰前沙似雪，受降城外月如霜"可对"月"字令。

"不知何处吹芦管，一夜征人尽望乡"可对"夜"字令。

月

　　清晨从家里出发，到达目的地时已是月上树梢。虽说到达目的地后应该安心休息，但诗人却忍不住思念故乡和家人，杜甫就曾感叹"露从今夜白，月是故乡明"。百无聊赖之际，诗人干脆和友人行"月"字令，一边将自己的思念寄托在月亮中，一边在想：故乡的家人是否也在欣赏这一轮圆月呢？

星垂平野阔，月涌大江流

　　"星垂平野阔，月涌大江流"出自杜甫的《旅夜书怀》。全诗生动具体地描绘了作者在羁旅途中夜宿小舟的所见所闻，表现出作者漂泊流离中悲凉沉郁的心情。全诗情与景相互交融，意与境相互渗透，作者漂泊坎坷的一生可见一斑。

旅夜书怀
杜　甫

细草微风岸①，危樯独夜舟②。
星垂平野阔③，月涌④大江流。
名岂⑤文章著，官应⑥老病休。

飘飘⑦何所似，天地一沙鸥⑧。

【注释】

①岸：指江岸边。

②独夜舟：指自己孤零零的一个人夜泊江边。

③星垂平野阔：星空低垂，原野显得格外广阔。

④月涌：月亮倒映，随水流涌。

⑤名岂：这句连下句，是用"反言以见意"的手法写的。杜甫确实是以文章而著名的，却偏说不是，可见另有抱负。

⑥应：认为是；是。

⑦飘飘：飞翔的样子，这里含有"飘零""漂泊"的意思，因为这里是借沙鸥写人的漂泊。

⑧沙鸥：海上的水鸟。

【译文】

微风轻轻吹拂着江岸边的细细芳草，月夜下，高高立着桅杆的小船孤零零地漂泊着。星星低垂在夜空中，平野显得更加广阔。月光随着江水涌动着，汹涌澎湃的江水滚滚东流。我的声名哪里是源自文章的精妙呢？我已经年迈多病，也是时候辞官静养了。漂泊于人世间的我像什么？就像天地间那只孤零零的沙鸥。

【赏析】

首联"细草微风岸，危樯独夜舟"，描写的是近景，微风轻轻吹拂着江岸边的细细青草和月夜下孤零零的小船。这两句寓情于景，作者此时身处凄凉孤独之境，借写周围凄凉的景色来叙说自己的境况和情怀：渺小得像江岸边的细草，孤独得好似江面上的孤舟。

颔联"星垂平野阔，月涌大江流"，描写的是壮阔的远景。夜幕上闪烁着明星，低垂的星空让原野显得更加广阔。月光融入江水之中，随着江水一起滚滚东流。此时，星夜灿烂，江水滔滔，平野辽阔，微风轻柔。作者却流离他乡，孤苦伶仃。在古诗中，以乐景写哀情是一种常见的手法。在这里，作者用美好的景物衬托他凄苦的心情。

"名岂文章著，官应老病休"是作者对自己一生坎坷的自嘲与自解。作者素来有远大的政治抱负，却被长期压抑，不得施展。他的声名竟然是因为能写得一手好文章而得到的，实在不是他心中所愿。此时的杜甫年迈多病，但是他辞官不是身体原因，更多的是被人排挤，胸中抱负得不到实施。这里说的"应"是故作反语，这样写更能反衬出作者悲愤的心情。

面对辽阔的原野，作者想起自己坎坷的遭遇，在这人世间，孤苦伶仃的自己像什么呢？就像天地间那只孤零零的沙鸥啊！作者自比沙鸥，借景抒情，表现出其内心的悲愤和孤寂，当真是字字如泪，感人至深。

全诗景与情相交融，意境雄浑，气象万千。作者用景物之间的对比，描绘了一位老人飘零于天地间的形象，使全诗充满了凝重而深沉的孤独感。实际上，这正是作者多年来羁旅他乡、漂泊无依、命途多舛的真实写照。

【飞花解语】

"细草微风岸，危樯独夜舟"可对"风"字令、"夜"字令。

"星垂平野阔，月涌大江流"可对"江"字令。

"飘飘何所似，天地一沙鸥"可对"天"字令。

野旷天低树，江清月近人

"野旷天低树，江清月近人"出自孟浩然的《宿建德江》。该诗表达了作者漂泊在外，停船暂歇时涌上心头的思乡之情。该诗用语精练，

情与景相互融合，意与境相互渗透，是不可多得的佳作。"野旷天低树，江清月近人"也常常出现在飞花令的"月"字令中。

宿建德江①
孟浩然

移舟泊烟渚②，日暮客愁新。
野旷天低树③，江清月近人④。

【注释】

①建德江：指新安江流经建德（今属浙江）的一段江水。

②渚：水中小块陆地。《尔雅·释水》："水中可居者曰洲，小洲曰渚。"

③天低树：天幕低垂，好像和树木相连。

④月近人：倒映在水中的月亮好像来靠近人。

【译文】

小船停靠在朦胧的小洲边，日暮时分，江边的景色让游子又增添了新愁。原野空旷辽阔，天边的地平线比近处的树木更低；江水清澈，倒映在水中的明月好像和船上的人亲近。

【赏析】

这首诗描写了夜宿江上的观感。"移舟泊烟渚"一句，不是以行人出发为背景，也不是以船行中途为背景，而是选在了傍晚停舟暮宿时刻。作者乘着小舟，漂泊在江上。日暮时分，作者将船停在江中的小沙洲里，天色渐晚，江面上薄雾缭绕，一股淡淡的愁情和江面的薄雾一同升起。

第二句"日暮客愁新"为承上启下之句。因为"日暮"，故而"泊烟渚"。傍晚时分，一天时光即将过去，时光匆匆流逝之下更容易让人增添愁情。《诗经·王风·君子于役》有这样一位妇女："君子于役，不知其期，曷至哉？鸡栖于埘，日之夕矣，羊牛下来。君子于役，如之何勿思？"日暮时分，她见夕阳缓缓西沉，家中家禽牲畜也已经入舍归栏，她就开始想念在外服役、不得回家的丈夫。作者此时面对长河落日，思乡之情越发浓烈，思乡而不得归乡，平添了许多新愁。

诗文的三、四句"野旷天低树，江清月近人"，是写作者看着眼前旷远的原野，觉得这夜幕低垂，竟似乎没有高于江边的树木；月白江清，眼前的明月更是触手可及。身在小舟中的作者，凄然四顾，只觉茫茫天宇下只有这轮明月与自己相伴。再想到自己的家乡是在千里之外，这位漂泊在外的旅客，又添了新愁。

作者带着希望来到长安，一身的才华却得不到施展，如今只能满怀愤懑地南下。此时此刻，他茕茕孑立，面对江上的凄迷薄雾，对着奔流不息的江水，看着天空中皎洁的明月，对故乡的思念，对羁旅的惆怅，对仕途的失意，千愁万绪一齐涌上心头。作者带着满心的愁绪，在宁静广袤的江面上下求索，偶然间发现这江上的明月竟不知不觉地贴近了自己，有这一轮孤月相伴，忧愁的心绪似乎得到了排解。全诗至此戛然而止，如余音绕梁，意犹未尽。

此诗先写在外漂泊的作者夜宿江上，又添上日暮时分的淡淡忧愁。正当愁思渐浓之时，作者发现还有一轮明月相伴。愁思隐现，明月低悬，作者心中虚无缥缈的愁思和这眼前触手可及的明月，一虚一实，相互映衬，构成了一个特殊意境。全诗虽只有一个"愁"字，然而在野旷江清之下，秋色历历在目，忧愁淋漓尽致。

《茧斋诗谈》云："'低'字、'近'字，宋人所谓诗眼，却无造作痕，此唐诗之妙也。"

【飞花解语】

"野旷天低树，江清月近人"可对"天"字令、"江"字令。

月落乌啼霜满天，江枫渔火对愁眠

　　"月落乌啼霜满天，江枫渔火对愁眠"出自张继的《枫桥夜泊》。《枫桥夜泊》是一首广为传诵的名篇。诗中描绘了一幅秋夜泊舟图：秋霜漫天，乌鸦哀啼，渔火在江面上闪烁，江边的枫树静默地隐藏在夜色中。全诗含蓄隽永，愁怀自见。"月落乌啼霜满天，江枫渔火对愁眠"也是"月"字令的高频诗句。

枫桥①夜泊②

张　继

月落乌啼③霜满天，江枫渔火④对愁眠。
姑苏⑤城外寒山寺⑥，夜半钟声到客船。

【注释】

　　①枫桥：在今江苏省苏州市阊门外。

　　②夜泊：夜间把船停靠在岸边。

　　③乌啼：乌鸦啼鸣。

　　④渔火：渔船上的灯火。

　　⑤姑苏：苏州的别称，因城西南有姑苏山而得名。

　　⑥寒山寺：在枫桥附近，始建于南朝梁代。相传因唐代僧人寒山曾住此而得名。

【译文】

　　月亮渐渐西沉，乌鸦阵阵哀啼，漫天的秋霜笼罩着一切。我对着江边的枫树和渔船上的灯火心怀忧愁，难以入眠。姑苏城外那冷寂孤清的寒山古寺里，半夜传来的悠悠钟声飘进我的小船。

【赏析】

本诗句句形象鲜明，句子之间的逻辑关系清晰合理，内容晓畅通达，不仅成为中国历代唐诗集的录入诗篇，亚洲一些国家的小学课本里也收录此诗。寒山寺也因此诗成为游览胜地。

首句"月落乌啼霜满天"描述的是午夜时分，月亮已经渐渐西沉，天空化为了灰蒙蒙的光影，可能是因为光线变化而惊醒的乌鸦发出了几声啼鸣。在这寂静幽暗的夜里，人们对夜凉的感受尤为真切。"霜满天"的描写并不符合真实的自然光景，是作者觉得寒意浓重，霜寒似乎从四面八方一齐涌来的感受。

次句"江枫渔火对愁眠"书写的是"枫桥夜泊"的景象特征和作者独特的感受。在朦胧的月色中，江边的秋枫静默地隐藏在凉如水的秋夜里，作者可以看到远处渔船上的点点灯火。"渔火"和"江枫"，一个宛如黑夜中跳动的精灵，一个又像悄然肃穆的老者；一个处于江心，一个静立江岸。景物搭配组合颇有匠心。此时再点出辗转难眠的旅人，缕缕轻愁便跃然纸上。

后两句"姑苏城外寒山寺，夜半钟声到客船"，只描写了一件事——夜听山寺钟声。这恰恰是作者在枫桥夜泊时所体会到的最深刻、最具有诗意美的事情，前几句所有铺垫的意象都融合在此句中。夜半时分，人的听觉变得格外灵敏。这寒山寺的夜半钟声，映衬出夜的静谧和寂寥，作者的感受也尽显在这阵阵钟声里，不言自明。

【飞花解语】

"月落乌啼霜满天，江枫渔火对愁眠"可对"江"字令、"天"字令。

"姑苏城外寒山寺，夜半钟声到客船"可对"山"字令、"夜"字令。

八月湖水平，涵虚混太清

　　"八月湖水平，涵虚混太清"出自孟浩然的《望洞庭湖赠张丞相》。这两句诗描写了洞庭湖波澜壮阔、水天相接的浩瀚景象。全诗融情于景，借景抒情，将洞庭湖的景象写得大气磅礴、波澜壮阔，表达了作者积极出仕的愿望。

望洞庭湖①赠张丞相②

孟浩然

八月湖水平，涵虚③混太清④。
气蒸云梦泽⑤，波撼岳阳城⑥。
欲济⑦无舟楫⑧，端居⑨耻圣明⑩。
坐观垂钓者，徒有羡鱼⑪情。

【注释】

　　①洞庭湖：中国第二大淡水湖，在湖南省北部、长江南岸。

　　②张丞相：指张九龄，唐玄宗时宰相，后被贬为荆州长史。

　　③涵虚：包容天空，指天空倒映在水中。虚，虚空，空间。

　　④混太清：与天混为一体。太清，指天空。

　　⑤云梦泽：古代云梦泽分为云泽和梦泽，指湖北南部、湖南北部一带低洼地区。洞庭湖是它南部的一角。

　　⑥岳阳城：在洞庭湖东岸。

　　⑦济：渡。

　　⑧舟楫：代指船只。

　　⑨端居：闲居。

　　⑩圣明：指太平盛世。古代认为皇帝圣明，社会就安定。

⑪羡鱼：《淮南子·说林训》中说："临河而羡鱼，不如归家织网。"

【译文】

八月的洞庭湖，湖水暴涨几乎与岸齐平；烟波浩渺的湖水好似将天空都包容进去了，湖天一色，让人迷离难辨。洞庭湖水汽蒸腾，将附近一带都笼罩了，它的波涛似乎要撼动岳阳城。我想要渡湖却苦于找不到船只，如果闲居不出仕，我又觉得愧对如今的太平盛世。看垂钓之人多么悠闲自在，而我却只能羡慕他们。

【赏析】

孟浩然早期积极出仕，却苦于没有门路。此诗是寄赠当时宰相张九龄的，借浩瀚渺远的洞庭湖抒写自己积极出仕的心情。

首联"八月湖水平，涵虚混太清"，句中的"涵"字是包容之意，"虚"是指虚空。作者站在湖边，极目远眺，只见此时湖水暴涨，几乎与岸齐平，烟波浩渺的湖水与天空浑然一体。此句描写了洞庭湖波澜壮阔、水天相接的浩瀚景象。

在颔联"气蒸云梦泽，波撼岳阳城"中，作者的目光从水天相接的地平线上收回，转写湖水中的倒影：洞庭湖上水汽蒸腾，好似要将云梦泽吞噬；岳阳城在水中的倒影虚实难辨，好似这城池也将被这浩荡的湖水撼动。

颈联"欲济无舟楫，端居耻圣明"，作者此时想要渡湖，却苦于没有船只。这是一种比喻，孟浩然此时积极出仕，但是没有门路。他借渡湖之意，委婉地表达自己想要出仕为官的愿望。诗的后半句"端居耻圣明"，是作者觉得自己赋闲在家，愧对太平盛世，言外之意是想获得张九龄赏识，举荐自己，成就一番事业，报效国家。

尾联"坐观垂钓者，徒有羡鱼情"，其中"垂钓者"是指当朝的官员，此处指张九龄。此句巧妙地化用了"临渊而羡鱼，不如归家织

网"，是说我非常敬仰张丞相你这样的贤人，但是我不能伴您身边，共同为国效力，只能羡慕你罢了。

【飞花解语】

"八月湖水平，涵虚混太清"可对"水"字令。

"气蒸云梦泽，波撼岳阳城"可对"云"字令。

明月松间照，清泉石上流

"明月松间照，清泉石上流"一句出自王维的《山居秋暝》。此句描绘了山中新雨之后的清雅景象：虽然天色已暗，但是天空中有一轮皎洁的明月，从静静的松林间洒下一片清辉；新雨后的山溪显得更加活泼可人，好似一条玉带欢快地从山石上流过。作者勾勒出了一幅空明幽静的月照松林图。

山居秋暝①

王　维

空山新②雨后，天气晚来秋。

明月松间照，清泉石上流。

竹喧③归浣女④，莲动下渔舟。

随意春芳⑤歇⑥，王孙自可留⑦。

【注释】

①暝（míng）：日落，天色将晚。

②新：刚刚。

③竹喧：竹林中笑语喧哗。

④浣（huàn）女：洗衣服的姑娘。

⑤春芳：春天的花草。

⑥歇：消散，消失。这里作枯萎解。

⑦王孙自可留：王孙，泛指贵族子孙，这里指作者。此句反用《楚辞·招隐士》"王孙兮归来，山中兮不可久留"的意思，反映出作者无可无不可的洒脱襟怀。

【译文】

空旷的山中刚刚下过一场雨，夜幕缓缓降临，寒意初生，此时已是初秋时节。明月从松树的缝隙间洒下一片清辉，泉水在山石上欢快地流淌。竹林中传来喧闹声，洗衣姑娘已经归来；莲叶轻轻摇动，应是有人正乘着渔舟顺流而下。又何必在意春天的花草已经枯萎；山中秋色如画，王孙自然会在此久居。

【赏析】

此诗是王维晚年居住在辋川别业时所作，诗中描绘了山间雨后初晴的动人美景和山中居民的纯真质朴，表现出作者对隐居生活的喜爱。全诗景色旖旎如画，语言淡雅清新，是山水诗中的上乘之作。

首联"空山新雨后，天气晚来秋"，作者笔墨轻轻勾勒，写出下过雨后，山色为之一新，空气变得澄净宜人。夜幕降临，初凉的寒意让人始觉秋天已经悄然到来。诗的后文点出山中有浣女洗衣，但此处却仍然用了"空山"二字，大抵是因山树遮掩，不见人迹。

颔联"明月松间照，清泉石上流"，描绘出山中新雨之后的淡雅景象。作者用寥寥十个字轻轻点染，一幅空明幽静的月照松林图便跃然纸上。

颈联"竹喧归浣女，莲动下渔舟"，作者在这青松明月、清泉山石中又加入青春动人的浣女形象。这是作者向往的生活，源于作者对尔虞

我诈的官场生活的厌恶。

　　尾联"随意春芳歇，王孙自可留"，山中隐居生活的安逸祥和，与《楚辞·招隐士》中"王孙兮归来，山中兮不可久留"恰恰相反。作者在此强有力地进行反驳，更是决心在山中隐居，不再理会喧嚣的尘世。

　　全诗将山中新雨后的凉爽、明月照青松的清辉、清泉流山石的声响、竹林中浣女的喧嚣，以及小船在荷花中飘荡的动态，完美地融合在一起，诗中有画，画中有诗，这是王维山水诗的重要特征。

【飞花解语】

　　"空山新雨后，天气晚来秋"可对"山"字令、"雨"字令和"天"字令。

　　"随意春芳歇，王孙自可留"可对"春"字令。

春江夜雨

春

"春风对青冢，白日落梁州。"在很多人看来，春天代表着希望。因为春天到了，人们甚至都能在那座看上去有些凄凉的孤坟上找到生机——坟上青草依依。那些不安的、令人懊恼的事情，好似都被春风吹走了。古人十分喜爱行"春"字令，因为他们可以在吟咏春风春鸟的诗句中找到生的希望。

谁言寸草心，报得三春晖

唐代诗人孟郊创作的《游子吟》是一首五言诗。全诗六句共三十字，通过回忆一个孩子临行前母亲为其缝补衣物的普通场景，写出母爱的无私与伟大。"谁言寸草心，报得三春晖"一句，情感真挚自然，千百年来广为传诵。

游子吟
孟 郊

慈母手中线，游子身上衣。
临行密密缝①，意恐②迟迟归。
谁言寸草③心，报得三春④晖⑤？

【注释】

①密密缝：古时民间风俗，家人远游，母亲或妻子缝衣时，要将针脚缝得特别细密，否则远行的人不能如期归来。

②意恐：担心。

③寸草：小草，喻游子。

④三春：初春、仲春、暮春，泛指春天。

⑤晖：日光，这里喻慈母之爱。

【译文】

慈母手中的针线来回穿梭，缝制的是即将出门远游的儿子的衣衫。细密的针线来来回回地将儿子的衣衫密密缝制，只是因为担心儿子远去他乡后迟迟不能归来。谁敢说，孩子们像小草一般微小的孝心，能够报答像阳光那样博大温馨的母爱呢！

【赏析】

儿女们无时无刻不沐浴在母爱中，那深挚的感情即使在生活中最细微的琐事上也能得到真切的体现。

作者孟郊一生贫困潦倒，五十岁时才得到了一个溧阳县尉的微小职务。本篇题下作者自注"迎母溧上作"，是他居官溧阳时的作品。对多年寄居他乡的孟郊来说，最刻骨铭心的记忆莫过于和挚爱的母亲分离的时刻。作者在此诗中运用白描的手法，真挚地吟诵了平凡而伟大的人性之美——母爱。

前两句"慈母手中线，游子身上衣"，作者从人写到物，突出了两件极为普通的事物——"线"和"衣"，而织线成衣的紧密联系则恰到好处地彰显了"慈母"与"游子"之间骨肉相连的感情。

"临行密密缝，意恐迟迟归"，作者描写了母亲为即将远游的儿子缝制衣物时的动作和心理活动。母亲手中的针线来回穿梭，密密缝制着孩子的衣物，担心儿子迟迟不归。作者通过描述生活中的细微琐事，彰显出母爱的无微不至和博大温馨。

"谁言寸草心，报得三春晖"，作者在最后两句直抒胸臆，尽情地讴歌母爱。这两句运用了比兴手法，儿女像微小柔弱的"寸草"，母爱像博大和煦的"春晖"。这样的对比寄托了作者真挚的情意。这种母爱，做儿子的如何能够报答得了？当真是"欲报之德，昊天罔极"。

全诗如清水芙蓉，既没有华丽的辞藻，亦未巧琢雕饰。行文淳朴素淡，流畅清新，饱含着醇厚的诗意，感情真挚，引发万千游子的共鸣。作者一生坎坷，仕途不顺，饱经世态炎凉，穷困忧愁之际更觉亲情之可贵。"诗从肺腑出，出辄愁肺腑"（苏轼《读孟东野诗》）。

孟郊此诗，千百年间，广为传诵，对后世产生了深远的影响。

【飞花解语】

"报得三春晖"可对"春"字令。

羌笛何须怨杨柳，春风不度玉门关

"羌笛何须怨杨柳，春风不度玉门关"是脍炙人口的诗句，出自王之涣的《凉州词》。全诗悲壮苍凉，着重描写了边关的将士们不得还乡的怨情。然而这怨情不是哀怨，而是悲中有壮、悲凉慷慨的"唐音"。此句委婉深厚，含蓄隽永，是飞花令中"春"字令的高频诗句。

凉州词①
王之涣

黄河远上②白云间，一片孤城③万仞④山。
羌笛⑤何须⑥怨杨柳⑦，春风不度⑧玉门关⑨。

【注释】

①凉州词：又名《出塞》，为当时十分流行的一首曲子《凉州》配的唱词。郭茂倩《乐府诗集》卷七十九《近代曲词》载有《凉州歌》，并引《乐苑》云："《凉州》，宫调曲，开元中，西凉府都督郭知运进。"

②远上：远远向西望去。

③孤城：孤零零的城堡。这里指玉门关。

④仞：古时长度单位。一仞为七尺或八尺。

⑤羌笛：古代的管乐器。长二尺四寸，三孔或四孔。因出于羌中，故名。

⑥何须：用反问的语气表示不需要。

⑦杨柳：即《折杨柳》，汉代《横吹曲》名。古诗文中常以杨柳喻送别情事。《诗经·小雅·采薇》："昔我往矣，杨柳依依。"北朝乐府《鼓角横吹曲》有《折杨柳枝》，歌词曰："上马不捉鞭，反拗杨柳枝。下马吹横笛，愁杀行客儿。"唐时有折柳送别的习俗。

⑧度：越过。

⑨玉门关：汉代关名，在今甘肃敦煌西北，为中原通向西域的关口。

【译文】

极目远望，奔流不息的黄河水好似从云端滚滚而来。玉门关孤零零地耸立在黄河上游的万仞高山中。为何要吹奏那传达出离别怨情的《折杨柳》？春风一直都吹不到玉门关的啊！

【赏析】

这首诗是边塞诗中的名篇，描写了出征在外的将士们的思乡之情。

本诗前两句"黄河远上白云间，一片孤城万仞山"境界开阔，视野极宽，场景极其壮观。第一句"黄河远上白云间"描述了黄河水滚滚而来，与天边的白云融为一体，犹如九天之水，又似一条丝带的情景，气象万千。第二句"一片孤城万仞山"出现了本诗中主要意象——塞上孤城。如果说这首诗是一幅画卷，那么"远上白云间"的黄河就是其远大的背景，后面的万仞高山则是它近处的背景。

作者由近到远，遥望西方，只见黄河由东向西，直入白云深处，这是纵向的描写。而耸立于孤城背后的群山则是自上而下的视角。长川峻岭之中，此城孤傲地屹立着，足见此处地势险要，荒凉孤危。

本诗起于写景，终于抒情。第三句"羌笛何须怨杨柳"化用了乐府诗句。作者不直接描写离别的哀怨，而是选择描写"杨柳"这一意象来渲染离愁。远处传来幽幽凄婉的《折杨柳》，边关将士们的思乡之情由此而生。

此时的家乡，已是杨柳依依了吧？已经有柳枝拂地了吧？而我所在的玉门关却从未见到春风的影子啊！诗的最后一句"春风不度玉门关"既描写了边关的寒苦，又隐喻朝廷漠视戍守边关将士心中的苦痛，皇恩到不了边关。

全诗描写了戍守边关的将士不得还乡的怨情，但这不是凄婉的哀怨，不是叹息的愁怨，其怨中含着悲切，悲切中含着壮烈，实为慷慨悲壮之怨。《凉州词》写景雄奇壮阔，大气磅礴；抒情含蓄隽永，意蕴深长，是千古传诵的名篇。

【飞花解语】

"黄河远上白云间，一片孤城万仞山"可对"云"字令、"山"字令。

春风对青冢，白日落梁州

　　"春风对青冢，白日落梁州"出自张乔的《书边事》。全诗描写了作者在边关的所见所闻。作者登高眺望，只见近处的昭君冢上青草依依，远处的梁州城笼罩在夕阳余晖之下。此句景色壮阔，对仗工整，语言精妙，朗朗上口，是"春"字令中不可多得的妙句。

书边事

张　乔

调角①断清秋，征人倚戍楼②。
春风③对青冢④，白日落梁州⑤。
大漠无兵阻，穷边⑥有客游。
蕃⑦情似此水，长愿向南流⑧。

【注释】

　　①调角：犹吹角。角是古代军中乐器，相当于军号。

　　②戍楼：防守的城楼。

　　③春风：意谓青冢上草色尚青，遇秋风而未变白，还如沐浴春风一般。

　　④青冢：指西汉王昭君的坟墓。据传塞外草白，昭君墓上草色独青。

　　⑤梁州：唐时梁州治所在今陕西南郊。

　　⑥穷边：绝远的边地。

　　⑦蕃：指吐蕃。

　　⑧向南流：喻西北少数民族愿长期归附唐朝。

【译文】

　　清秋时的吹角声打破了边关的宁静，在外戍守边关的战士们倚靠在防守的城楼上。和煦温暖的春风吹拂着昭君墓上的青草，远方的梁州城上的太阳渐渐沉没。广阔的大漠因为没有战事，这边远的荒垂之地也有旅客漫游。吐蕃人民愿意永远归附中原，像眼前的流水一样流向南方。

【赏析】

本篇写的是作者游历边关的所见、所闻、所感。他见边塞平安无事，欣然提笔，写下这篇《书边事》。全诗意境高远，气韵灵动，读来回肠荡气，有无穷意味。

诗的头两句便描绘了边塞军旅生活的清闲平安的图景，渲染了清幽意境。"调角断清秋"中的"调角"就是吹角。角是古代军中乐器的一种，类似于今日的军号。"断"是尽的意思。在清秋季节中，万里长空下，回荡着悠长浑厚的吹角声。这里的"断"字，将声音的嘹亮和音韵之美传神地表现出来，与"清秋"相合。

作者从高空落笔，以深远的背景渲染出宜人的气氛。"征人倚戍楼"自然而然地出现在这背景之下。戍守边关的战士斜斜地倚靠着城楼，欣赏着清秋美景，气氛一片祥和。该句微妙地传达出边关安宁、戍守将士平安无事的主旨。

"春风对青冢，白日落梁州"，作者登戍楼远眺，只见昭君墓上青草依依，梁州城在落日的余晖下显得一派平和。作者由眼前边关的安宁祥和，想到王昭君出塞和亲的事迹，表示民族团结是人们一直以来所盼望的。

第五、第六句"大漠无兵阻，穷边有客游"，"大漠"和"穷边"说的是边塞地区的广阔无边；"兵"与"客"、"有"和"无"之间形成鲜明的对比。作者表示，正因为边关没有战事，才有客人前来游玩。

尾联两句"蕃情似此水，长愿向南流"，点明全诗的主旨，也说出了作者的心愿。吐蕃人愿意永远归附中原大地，像这大河一样，长久地流向南方，那该多好啊！表现出作者渴望民族团结、渴望和平的心愿。

全诗读来荡气回肠，作者将边关所见、所闻、所感巧妙融合，渲染出一幅边关和平安宁的画卷，意境高远，韵味无穷。

【飞花解语】

"春风对青冢，白日落梁州"可对"风"字令。

"蓄情似此水，长愿向南流"可对"水"字令。

映阶碧草自春色，隔叶黄鹂空好音

"映阶碧草自春色，隔叶黄鹂空好音"出自杜甫的《蜀相》。作者凭吊怀古，感物思人，表达了对蜀国丞相诸葛亮"出师未捷身先死"的唏嘘之情。

蜀　相①

杜　甫

丞相祠堂②何处寻？锦官城外柏森森③。

映阶碧草自春色，隔叶黄鹂空好音。

三顾频烦天下计④，两朝开济⑤老臣心。

出师未捷身先死⑥，长使英雄泪满襟。

【注释】

①蜀相：三国蜀汉丞相，指诸葛亮。

②丞相祠堂：即诸葛武侯祠，在今四川成都，晋代李雄初建。

③柏（bǎi）森森：柏树茂盛繁密的样子。

④"三顾"句：意思是刘备为统一天下而三顾茅庐，问计于诸葛

亮。这是赞美诸葛亮在隆中对策中所表现的天才预见。频烦，犹"频繁"，多次。

⑤两朝开济：指诸葛亮辅助刘备开创帝业，后又辅佐刘禅。两朝，刘备、刘禅父子两朝。开，开创。济，扶助。

⑥"出师"句：指诸葛亮多次出师伐魏，未能取胜，至蜀建兴十二年（234年）卒于五丈原（今陕西岐山东南）军中。出师，出兵。

【译文】

如今去何处找寻丞相的祠堂？在锦官城外，那里的古柏早已绿树成荫。祠堂里面空幽寂寥，只有碧绿的芳草与台阶辉映着；黄鹂鸟隔着树叶自顾自地鸣叫着，声音婉转。当年刘备三顾茅庐，曾向你征询定国安邦的大计，你辅佐了两朝君主，尽心竭力地开创了蜀国的基业。可叹的是还未平定中原，你就走了，让古今的英雄心生无限慨叹，泪湿衣襟。

【赏析】

本诗首联用自问自答的手法起笔，突出了感情的起伏。"丞相祠堂何处寻？锦官城外柏森森。"这样的问答句形成了浓重的感情氛围，为全诗的情感定下基调。作者直接称诸葛亮为"丞相"，有尊蜀国为正统之意，语意亲切又饱含敬意。这一句的不疑而问只为突出情感，加强语势。

颔联"映阶碧草自春色，隔叶黄鹂空好音"着重描写了景物的优美，色彩明丽，音韵婉转，一静一动自有妙趣。但这两句中的"自春色"与"空好音"却又平添一种哀愁惆怅的情调。作者移情于景，将自己的主观情意渗透其中，传达出内心的忧伤，反映了作者忧国忧民的爱国情感，同时更突出了诸葛亮的光辉形象。

"三顾频烦天下计，两朝开济老臣心"两句，作者用凝练的字眼高度概括了诸葛亮的一生。前半句说的是诸葛亮还未出山的时候，刘备三顾茅庐，向他征询定国安邦的大计，诸葛亮胸有成竹地分析天下大势，可见其雄才伟略。后半句说诸葛亮出山之后，辅佐刘备，匡扶刘禅，赞

颂其为国呕心沥血的耿耿忠心。

尾联"出师未捷身先死，长使英雄泪满襟"，作者为诸葛亮病死军中、大业未成而叹息。这样悲剧性的结局，无疑是因为他践行了"鞠躬尽瘁，死而后已"的誓言，让人慨叹又催人奋进。

这首《蜀相》抒发了作者对诸葛亮的崇敬之情，全诗情景融为一体，既有怀古之情，又富有现实意义。

【飞花解语】

"三顾频烦天下计，两朝开济老臣心"可对"天"字令。

红豆生南国，春来发几枝

红豆是众所周知的相思意象之一，又名相思子，常引起人的"相思"之情。"红豆生南国，春来发几枝"出自唐朝诗人王维的《相思》。全诗自然流畅，语言清新，情意绵绵，颇有民歌风情。

相　思①

王　维

红豆②生南国，春来发几枝③？

愿君多采撷④，此物最相思⑤。

【注释】

①相思：题一作《相思子》，又作《江上赠李龟年》。

②红豆：又名相思子，一种生长在南方的植物，结出的籽像豌豆而稍扁，呈鲜红色。

③"春来"句：一作"秋来发故枝"。

④"愿君"句：一作"劝君休采撷"。采撷（xié），采摘。

⑤相思：想念。

【译文】

红豆在江南一带生长，春天到来的时候又会新生多少枝丫？希望你能够多多采摘一些，因为这种东西最能引起人们的相思之情。

【赏析】

红豆又名相思子，传说古代有一名女子，因丈夫战死边关，在树下痛哭而终，化为红豆。唐诗中常常用红豆表示相思之情。相思不仅仅代表着男女之间的情爱之思，还代表着对友人的思念。此诗又名《江上赠李龟年》，主要描述和朋友之间的真挚友谊。

第一句"红豆生南国"，"南国"即南方，既是红豆的产地，又是李龟年的所在地。作者以生长在南方的红豆起兴，暗喻后文的相思之意。语言精练质朴，又十分形象。

"春来发几枝？"作者这样的轻声一问，自然亲切，又颇为含蓄，饱含着对友人的牵挂。作者问春天到来之时，红豆树又添多少新芽，是对富有相思之意的事物寄托的想念。就像我们平时对远方的好友俏皮地问一句："你有多想我？"在另一首诗中，作者用同样的手法写出了在外游子的乡情。"来日绮窗前，寒梅著花未？"（王维《杂诗》）由此可见，这里的红豆代表的是赤诚的友爱。作者用浅显易懂的话直抒胸臆，内容却意味深远，令人心往神驰。

紧接着，作者又提出了自己的期望——"愿君多采撷"。远在南方的朋友，你可要多采摘一些红豆啊！你看见红豆，就会想起我。在古诗中，用采摘植物来寄托相思是很常见的，如"涉江采芙蓉，兰泽多芳草。采之欲遗谁？所思在远道"，这样的写法都是言在此而意在彼。在宋人编写的《万首唐人绝句》中，此句里的"多"又作"休"，以反衬

相思之苦。然此诗情调健美，不见哀婉，因而"多"字比"休"字更加明丽。

最后一句"此物最相思"是点题之笔。"相思"与首句的"红豆"相互呼应，一语双关。"最"字写出红豆代表相思之意，又是补充说明"愿君多采撷"的原因，即最能代表相思的红豆才是最惹人喜爱、最让人忘不了的。

作者句句不离红豆，将相思之情刻画得入木三分。世上的情话本就不多，最质朴的，往往是最深情的。王维很善于提炼生活中朴素典型的语言，来表达深厚的思想感情，语近神远，语浅情深。

古人有评："王维'红豆生南国'、王之涣'杨柳东门树'、李白'天下伤心处'，皆直举胸臆，不假雕镂，祖帐离筵，听之惘惘，二十字移情固至此哉！"（管世铭《读雪山房唐诗序例》）

【飞花解语】

本诗除了"春来发几枝"一句以外，再无可对飞花令的句子。

　　"无边落木萧萧下，不尽长江滚滚来。"在诗人眼中，波涛汹涌的大江是豪迈的、苍茫的。相比而言，人却是微不足道的，所以他不由得生出忧愁来。何以解忧？不如对着滔滔江水行"江"字令，让愁绪被江水带走。

无边落木萧萧下，不尽长江滚滚来

　　"无边落木萧萧下，不尽长江滚滚来"出自杜甫的《登高》，是飞花令中"江"字令里的高频诗句。全诗写登高远望之所见，大气苍莽；抒羁旅之情，沉郁悲凉。通篇语言凝练，气韵流畅。这首诗表达了作者心中郁结的爱国情感和羁旅愁思，曾被人誉为"古今七言律第一"（胡应麟《诗薮·内编》）。

登　高①

杜　甫

风急天高猿啸哀②，渚清沙白鸟飞回③。

无边落木萧萧④下，不尽长江滚滚来。

万里⑤悲秋常作客，百年⑥多病独登台。

艰难⑦苦恨繁霜鬓，潦倒⑧新停⑨浊酒杯。

【注释】

①登高：农历九月九日为重阳节，历来有登高的习俗。

②猿啸哀：指长江三峡中猿猴凄厉的叫声。《水经注·江水》引民谣云："巴东三峡巫峡长，猿鸣三声泪沾裳。"

③鸟飞回：鸟在急风中盘旋飞舞。

④萧萧：象声词，风吹落叶的声音。

⑤万里：指远离故乡。

⑥百年：犹言一生，这里借指晚年。

⑦艰难：兼指国运和自身命运。

⑧潦倒：衰颓，失意。这里指衰老多病，志不得伸。

⑨新停：刚刚停止。杜甫晚年因病戒酒，所以说"新停"。

【译文】

秋空高阔，秋风急猛，猿猴在凄厉地哀鸣；江中的小洲上，水清沙白，鸟儿盘旋飞舞。漫天的黄叶在秋风中萧萧飘落，流不尽的长江水奔腾咆哮，滚滚而来。我长期漂泊于万里之外，秋景让我更加觉得伤悲；我这一生多病多难，如今又孤零零地登高远望。艰难困苦又增添了我双鬓的白发，最近又因病不得不放下我手中的酒杯。

【赏析】

此诗的头四句写的是作者的登高见闻。作者登高远望，看见周围凄清的环境，写下"风急天高猿啸哀，渚清沙白鸟飞回"这样千古流传的佳句。"风急"二字带动全联。夔州向来多猿猴，峡口更是因为风大而闻名。作者登高远望，只见远处的沙汀白光闪闪，群鸟迎风飞舞，不住盘旋，耳边又有猿猴长啸，凄厉哀婉。这十四个字，不仅上下句成对，句中又有自对，作者晚年的遣词造句功力已臻化境。

"无边落木萧萧下，不尽长江滚滚来"，作者仰望茫茫无边、萧萧而下的树叶，俯瞰奔腾不息、滚滚东流的江水，融情于景，深沉地抒发了自己的情怀。"无边"与"不尽"、"萧萧下"和"滚滚来"形象地写出了秋天里落叶纷飞、长江波涛汹涌的场面，对句沉郁悲凉，笔力出神入化，因此被前人誉为"古今独步"的"句中化境"。

　　前两联作者挥毫泼墨，写秋之萧瑟，直到第三联"万里悲秋常作客，百年多病独登台"，作者才将"秋"字明讲，又写出自己是"独登台"。在古诗中，秋天总是让人感到寂寥忧伤，这里作者用一个"悲"字，概括自己一生漂泊不定的生活。作者如今已经年迈体衰、疾病缠身，心中充满愁苦悲伤的复杂感情。此时，作者不仅仅是一个旅人，更是久客难归的游子，其悲秋苦病的情思、苍髯皓首的慨叹都让诗意更加深沉。

　　最后一句"艰难苦恨繁霜鬓，潦倒新停浊酒杯"，写出作者穷困潦倒，艰辛备尝，鬓角白发日多，又因病不得饮酒，万千愁绪无从排解。古人登高饮酒，作者却连这点欢乐都失去了。

　　这首诗前半部分写景，后半部分抒情，其用字用句精练工整。"一篇之中，句句皆律，一句之中，字字皆律。"不只"全篇可法"，而且用句用字"皆古今人必不敢道，决不能道者"。它能博得"旷代之作"的盛誉，是理所当然的了。

【飞花解语】

　　"风急天高猿啸哀，渚清沙白鸟飞回"可对"风"字令、"天"字令。

寒雨连江夜入吴，平明送客楚山孤

"寒雨连江夜入吴，平明送客楚山孤"出自唐代诗人王昌龄的《芙蓉楼送辛渐》。此句描写的是离别时的场景。作者借迷蒙的烟雨和萧索的秋意，渲染出与好友别离时黯然的气氛。秋天的寒意不仅弥漫在满江烟雨中，更深深浸透在两个离别友人的心头。

芙蓉楼①送辛渐②
王昌龄

寒雨③连江④夜入吴⑤，平明⑥送客楚山⑦孤。
洛阳亲友如相问，一片冰心⑧在玉壶。

【注释】

①芙蓉楼：原名西北楼，在润州（今江苏镇江）西北。登临可以俯瞰长江，遥望江北。据《元和郡县志》卷二十五《江南道一·润州》载："晋王恭为刺史，改创西南楼名万岁楼，西北楼名芙蓉楼。"

②辛渐：作者的一位朋友。

③寒雨：秋冬时节的冷雨。

④连江：雨水与江面连成一片，形容雨很大。

⑤吴：三国时吴国位于长江中下游一带，所以这片区域也被称为吴。

⑥平明：天亮的时候。

⑦楚山：楚地的山。这里的楚也指南京一带，因为古代吴、楚先后统治过这里，所以吴、楚可以通称。

⑧冰心：比喻纯洁的心。

【译文】

与江天相连的寒冷秋雨在夜间潜入东吴大地，天亮时分我送别友人，楚山是那么孤独寂寞。如果在洛阳的亲朋好友向你问询我的近况，你就说我的心清澈无瑕，好似那在玉壶中的冰一般。

【赏析】

本诗作于玄宗开元末年，其时王昌龄被贬为江宁（今南京市）丞。全诗情意深切，韵味悠长，格调高雅，悠然不尽，让人无限流连。

"寒雨连江夜入吴"，漫天的秋雨笼罩在东吴大地，江水和天空被这迷蒙的秋雨连为一体。作者在雨中送别友人，这漫无边际的秋雨变成了愁意，织成了一张无边无际的愁网。凄冷的夜雨不仅增添了萧索的秋意，还渲染了离别时黯淡的气氛。"连"和"入"字写出秋雨到来时的悄然无声，雨势平缓连绵，但这样悄然而来的秋雨竟在一开始就让作者感知到了，从侧面说明了作者因离情的烦扰而一夜未曾好眠。

次句"平明送客楚山孤"，清晨时分，天色渐明，友人辛渐也即将登船北归。作者想到好友不久之后就隐没在远山之外，孤寂黯然之情油然而生。作者顺江远眺，满江的烟雨、奔流的江水、灰色的天空和那孤寂的楚山一齐涌入眼中。在古诗中，奔流的江水本是最容易引起别情似水的联想的，但作者却没有将别愁寄予远去的江水，而是将其注入那孤独矗立的楚山。因为作者知道，他的好友回到洛阳之后就能和亲友团聚，而自己却只能像这楚山一样，独自一人守在南方。一个"孤"字就像是情感的引线，自然引出后两句离别的叮嘱。

"洛阳亲友如相问，一片冰心在玉壶"，作者从纯洁无瑕的玉壶之中捧出一颗晶亮纯洁的冰心来告慰友人，表示对洛阳亲友的款款深情。古人常常以玉壶自励，推崇光明磊落、表里如一的澄澈品格。作者在此以冰心玉壶自喻，表明自己的心仍然纯洁无瑕，这不是洗刷谗名的表白，而是蔑视谤议的自誉，是自明高志。王昌龄让辛渐带给洛阳亲朋好友的口信不是通常的报平安，而是传达自己依然冰清玉洁、坚持操守的信念，结合他当时被贬的背景，其中的深意不言自明。

本诗通篇来看，秋雨满江，远山孤峙。屹立在江天之中的孤山与冰心置于玉壶的意象之间又形成一种有意无意的照应，令人自然联想到作者坚持操守、冰清玉洁的形象，这精巧的构思和深远的意蕴都融化在一种空明清澈的意境中，让人回味无穷。

【飞花解语】

"寒雨连江夜入吴，平明送客楚山孤"可对"雨"字令、"夜"字令、"山"字令。

朝辞白帝彩云间，千里江陵一日还

"朝辞白帝彩云间，千里江陵一日还"出自李白的《早发白帝城》。此诗作于李白被流放夜郎，取道四川赶赴被贬谪之地的途中。那时，李白忽然收到赦免的消息，惊喜不已。这一句起笔于"云间"，凌空而起，故能一泻千里，顺流而下，巧妙地映衬出作者遇赦返回时激动兴奋的心情。

早发①白帝城②

李 白

朝辞③白帝彩云间④，千里江陵⑤一日还⑥。
两岸猿声啼不住⑦，轻舟已过⑧万重山⑨。

【注释】

①发：启程。

②白帝城：故址在今重庆奉节东白帝山上。杨齐贤注："白帝城，

公孙述所筑。初，公孙述至鱼复，有白龙出井中，自以承汉土运，故称白帝，改鱼复为白帝城。"王琦注："白帝城，在夔州奉节县，与巫山相近。所谓彩云，正指巫山之云也。"

③辞：告别。

④彩云间：因白帝城在白帝山上，地势高，从山下江中仰望，仿佛耸入云间。

⑤江陵：今湖北省荆州市。从白帝城到江陵约一千二百里，其间包括七百里三峡。郦道元《三峡》："有时朝发白帝，暮到江陵，其间千二百里，虽乘奔御风，不以疾也。"

⑥还：归，返回。

⑦住：停息。一作"尽"。

⑧轻舟已过：一作"须臾过却"。

⑨万重山：层层叠叠的山，形容山多。

【译文】

早晨我告别了高入云霄、彩云环绕的白帝城，远在千里之外的江陵，我乘船一日便可返回。行舟江上，两岸猿猴呼朋引伴的长啸从未停止过，不知不觉我的轻舟已经驶过万重云山。

【赏析】

首句凌空起笔。"彩云间"写出位于长江上游的白帝城海拔之高、与下游的落差之大，为后文的"千里""一日""轻舟"等关于行舟速度的描写埋下了伏笔。作者被流放夜郎，途经白帝城，因此在去白帝城的途中，心情是黯淡的。此时作者遇赦返回，于舟中回望云霞之上的白帝城，以前的种种恍如隔世。读者可以想象，在彩云缭绕的清晨时分，披着朝霞乘舟出发，作者的心情是何等激动。

第二句"千里江陵一日还"中的"千里"与"一日"形成了对比。作者将千里之遥的空间和转瞬即逝的一日时光相提并论，写出了船行的

迅捷。最后，本诗归到"还"字上。"还"代表着归来，它一方面表现出作者顺江而下一日千里的痛快，也隐隐透出遇赦的欣喜。江陵原本不是李白的家乡，而"还"字的运用亲切自然，如同还乡一般。此句用"还"字，传神于暗处，值得读者细细体会。

古时的长江三峡，"常有高猿长啸，属引凄厉"，诗中"啼不住"是因为此时作者乘坐飞快的轻舟顺流而下，由于小船迅猛地行驶，长啸的猿啼声和重叠的山影在耳目间"浑然一体"。《唐诗别裁》曾这样评价此句："写出瞬息千里，若有神助。入'猿声'一句，文势不伤于直。画家布景设色，每于此处用意。"

转瞬之间，"轻舟已过万重山"。作者除了用猿声、山影来衬托穿行之快，又给船本身加了一个"轻"字。如果直接写船行迅猛，则显得过于平白呆板，而这个"轻"字，就有了更生动的韵味。顺水而下，小舟轻若无物，船行速度可想而知。

全诗洋溢着作者经过困苦之后迸发而出的激情，所以在高峻和迅猛中，又有豪情和愉悦；疾行的轻舟和畅快的心情，给读者留下广阔的想象空间。全诗语句凝练，悠扬轻快，令人回味悠长。

【飞花解语】

"朝辞白帝彩云间，千里江陵一日还"可对"云"字令。

"两岸猿声啼不住，轻舟已过万重山"可对"山"字令。

正是江南好风景，落花时节又逢君

"正是江南好风景，落花时节又逢君"出自杜甫的《江南逢李龟年》。作者少年时诗才敏捷，出口成章，常出入豪门，因此和当时著名歌手李龟年相识。几十年之后，他们在江南重逢时，却早已物是人非。这两句表达了作者对开元盛世的无限怀念，对国运衰微的现实的无限感慨，以及对飘零生活的深切感伤。

江南逢李龟年①

杜 甫

岐王②宅里寻常见，崔九③堂前几度闻。

正是江南好风景，落花时节④又逢君。

【注释】

①李龟年：唐朝开元、天宝年间的著名乐师，擅长唱歌。因为受到皇帝唐玄宗的宠幸而红极一时。"安史之乱"后，李龟年流落江南，以卖艺为生。

②岐王：唐玄宗李隆基的弟弟，名叫李范，以好学爱才著称，雅善音律。

③崔九：崔涤，在兄弟中排行第九，中书令崔湜的弟弟。玄宗时，曾任殿中监，出入禁中，得玄宗宠幸。

④落花时节：暮春，通常指阴历三月。落花的寓意很多，人衰老飘零、社会的凋敝丧乱都在其中。

【译文】

当年在岐王府邸中经常见到您奏乐，在崔九的堂前也曾听闻您的歌声。如今正是一派大好的江南暮春美景，我又和您相逢。

【赏析】

本篇是作者于唐代宗大历五年（770年）春天在潭州（今长沙）所作，描述了自己当时与流落江湘、只能靠卖唱为生的李龟年相见时的情景。全诗只有二十八个字，却饱含着世事的沧桑巨变和人生的升沉荣

辱，令人唏嘘。

诗的前两句"岐王宅里寻常见，崔九堂前几度闻"，李龟年在开元时期，受到皇帝唐玄宗的宠幸而红极一时。杜甫年少时才思敏捷，受到了岐王李范和殿中监崔涤的欣赏，得以在他们的府邸欣赏李龟年的演出。在杜甫心中，李龟年不仅仅是一位著名的歌手，还代表着开元盛世，以及杜甫充满浪漫情调的青春时光。几十年后，他们在江南重逢，可是经过几十年的风风雨雨，一切早已物是人非。

安史之乱后，经历了八年动乱的唐朝已经不复当年的繁荣昌盛，社会矛盾激化，百姓不得安居。杜甫漂泊辗转到潭州时，看到了许多凄凉场景；李龟年此时也流落江南，"每逢良辰胜景，为人歌数阕，座中闻之，莫不掩泣罢酒"（郑处海《明皇杂录》）。这种情景下的会面，使杜甫沉郁心中的无限沧桑的感慨更加深厚。"岐王宅里""崔九堂前"，是作者心中文艺名流雅集之处，作者少年时期出入其间，能够和李龟年这样的乐师"寻常见"，现在回想起来，简直是一场梦。

美好的回忆难以改变眼前世运衰颓的现实。"正是江南好风景，落花时节又逢君"，江南秀丽的风景历来受到文人雅客的赞美，是诗人们向往的。当作者真正置身其中时，面对的却是漫天飘零的"落花"和流浪漂泊的艺人。"落花时节"好似见景书事，实则另有意蕴，有意无意间暗示了社会的动乱和作者漂泊衰颓的晚年光景。

这样的写法浑然天成，不留痕迹。"正是"和"又"这两个词转叠，蕴藏着无限的感慨。此时江南的美景，恰恰成为作者乱世飘零、身世沉沦的有力反衬。落花流水的风光无情地证实"开元全盛日"已经成为历史，作者用仅仅二十八个字就概括了整个开元时期的巨变、人事的沧桑，语言平淡，意蕴无穷。

【飞花解语】

"正是江南好风景，落花时节又逢君"可对"风"字令和"花"字令。

江流石不转，遗恨失吞吴

　　"江流石不转，遗恨失吞吴"出自杜甫的《八阵图》。当时杜甫迁居夔州，夔州有武侯庙，其江滩上有八阵图，传说为诸葛亮所设。作者向来崇敬诸葛亮，用了许多笔墨咏怀古迹，抒发情怀，《八阵图》便是其中一首。这首诗语言精练，生动形象，内容丰富。

八阵图①

杜　甫

功盖三分国②，名成八阵图。
江流石不转③，遗恨失吞吴。

【注释】

　　①八阵图：由八种阵势组成的图形，用来操练军队或作战，传说是由三国时诸葛亮创设的一种阵法。相传诸葛亮御敌时以乱石堆成石阵，按遁甲分成"生、伤、休、杜、景、死、惊、开"八门，变化万端，可挡十万精兵。

　　②三分国：指三国时魏、蜀、吴三国。

　　③石不转：指就算在涨潮时，铺设八阵图的石块依旧岿然不动。

【译文】

　　你功业盖世，辅佐刘备成就了三分天下的鼎立之势，创制八阵图更是让你的声名远扬。滔滔江水日夜奔流，八阵图石岿然不动，排列如故，只可惜刘备错误地讨伐吴国，让你遗恨千古。

【赏析】

　　头两句"功盖三分国，名成八阵图"是对诸葛亮的军事谋略和治国

才能的赞颂。作者在第一句概括了诸葛亮一生的丰功伟绩，写诸葛亮在三国争霸时期魏蜀吴三分天下、鼎足而立的过程中的卓著功绩。三国鼎立局面的形成，固然受到诸多因素的影响，而诸葛亮辅助刘备从一介布衣到创立蜀国基业，毫无疑问是其中一个重要的原因。杜甫用凝练的笔触，高度概括并赞扬了诸葛亮鞠躬尽瘁、死而后已的一生，真实客观地反映了三国时期的历史事实。

第二句具体描写诸葛亮的功绩。"名成八阵图"，是说八阵图使诸葛亮更加声名卓著。诸葛亮创制八阵图以增强蜀军的战斗力，古人对此已经屡屡赞颂。成都武侯祠中的碑刻有这样的记载："一统经纶志未酬，布阵有图诚妙略。""江上阵图犹布列，蜀中相业有辉光。"而杜甫的这句"名成八阵图"则更精练地赞颂了诸葛亮的军事业绩。

前两句诗运用了对仗的写法，以"三分国"对"八阵图"，以全局性的成就对军事上的才华，显得自然贴切，晓畅通达。从结构上来讲，首句平铺直叙，开门见山地写出诸葛亮的功绩；次句则点出诗题，进一步赞颂他的军事才华，也为后文的凭吊遗迹做了铺垫。

诗文的三、四句"江流石不转，遗恨失吞吴"是杜甫对八阵图遗址抒发的慨叹。据《荆州图记》和《嘉话录》记载，在夔州西南永安宫前平沙上的八阵图遗址，由碎石堆聚而成，各高五尺，广十围，纵横棋布，排列为六十四堆。每当冰雪融化时，河水暴涨，八阵图也被江水淹没。等到次年水落石出，被水淹没的万物都已经改变原来的形态，唯独聚细石而成的八阵图依然如故，千百年间岿然不动。

"江流石不转"寥寥五个字，便写出八阵图富有传奇色彩的特征。同时，这里的"石不转"三字也是对《诗经》里"我心匪石，不可转也"的化用。在作者眼中，八阵图的神奇色彩和诸葛亮的耿耿忠心有联系：在三国鼎立、群雄并起的乱世，他忠于蜀汉政权，为统一大业呕心沥血，矢志不移，心如磐石，不可动摇。同时，这布于江滩之上、千百年来岿然不动的八阵图石堆，似乎又是诸葛亮对自己"出师未捷身先死"的悲情结局表示惋惜和遗憾，所以杜甫紧接着写"遗恨失吞吴"。刘备举全国之力讨伐吴国的错误决策，与诸葛亮联吴抗曹的根本策略相违背，从而导致一统天下的大业中途夭折，成为千古遗恨。

杜甫对诸葛亮推崇有加，他在另一首《蜀相》中对诸葛亮做出极高的评价："三顾频烦天下计，两朝开济老臣心。"可是这样的英才也有"失吞吴"的遗恨，杜甫联想自己坎坷的一生，在为诸葛亮惋惜的同时，也渗透了自己"伤己垂暮无成"的抑郁情怀。

【飞花解语】

本诗除了"江流石不转"一句以外，再无可对飞花令的句子。

"天阶夜色凉如水，卧看牵牛织女星。"对愁肠百结的人来说，夜晚总是格外漫长。在凉如水的夜色中，他们不知道要干什么。除了看满天繁星、思念未归的爱人外，他们唯一能做的，就是行"夜"字令了。吟咏古人的诗句，发现古人在诗中寄托的情感与自己无二，他们好像也没那么孤寂了。

昨夜星辰昨夜风，画楼西畔桂堂东

"昨夜星辰昨夜风，画楼西畔桂堂东"出自李商隐的《无题》，这是一首恋情诗。这一句为诗的首联，展现了作者在小楼西侧、厅堂之东和意中人相会的场景。

无　题
李商隐

昨夜星辰昨夜风，画楼①西畔桂堂②东。
身无彩凤双飞翼，心有灵犀③一点通。
隔座送钩春酒暖④，分曹⑤射覆⑥蜡灯红。
嗟余听鼓应官⑦去，走马⑧兰台⑨类转蓬⑩。

①画楼：指彩绘华丽的高楼。一作"画堂"。

②桂堂：形容厅堂的华美。

③灵犀：犀角中心的髓质像一条白线贯通上下。借喻相爱双方心灵的感应和暗通。

④"隔座"句：邯郸淳《艺经》："义阳腊日饮祭之后，叟妪儿童为藏钩之戏，分为二曹，以交（校）胜负。"隔座送钩，一队用一钩藏在手内，隔座传送，使另一队猜钩所在，以猜中为胜。

⑤分曹：分组。

⑥射覆：古时的一种游戏。把东西放在覆盖物下使人猜，或用箭射。

⑦听鼓应官：到官府上班。古代官府卯刻击鼓，召集僚属，午刻击鼓下班。

⑧走马：跑马。

⑨兰台：《旧唐书·职官志》："秘书省，龙朔（高宗年号）初改为兰台。"当时李商隐在做秘书省校书郎。

⑩转蓬：《埤雅》："蓬，末大于本，遇风辄拔而旋。"指身如蓬草飞转。转，一作"断"。

【译文】

昨夜繁星满天，和风轻拂，我们在画楼的西侧、桂堂之东相逢。虽然我们不似彩凤那样拥有能飞翔的双翼，我们的心却像犀角一样，息息相通。在昨晚的宴会上，大家以春酒传暖，互相送钩；灯烛正红间，又分队做射覆的游戏。可惜我听到了报晓的更鼓，要赶忙骑马到兰台报到，身不由己，好似那随风飘荡的枯蓬。

【赏析】

本诗是一首恋情诗，写作者对一位女子的爱恋。诗的首联"昨夜星辰昨夜风，画楼西畔桂堂东"交代了时间和地点。"昨夜"二字的叠

用，在给人阅读上美的感受的同时，也暗藏着作者追思不止的情思。静谧的夜空中，清风泠泠而至，在精致的阁楼西侧、豪华的厅堂东边，与佳人邂逅，这样的相遇令人难忘。

颔联"身无彩凤双飞翼，心有灵犀一点通"，写恋人彼此相互渴慕，是千古传诵的佳句。"身无彩凤"比喻爱情遭到阻隔，"心有灵犀"说明两人心意相通。两句比喻新奇，炼句设色，句句不同。

颈联"隔座送钩春酒暖，分曹射覆蜡灯红"，写宴饮送钩射覆之乐。"暖"和"红"字，分别形容春酒和蜡灯，宴厅中酒暖烛红，欢声笑语，一派热闹景象。而作者刚刚还在星辰漫天、清风怡人的夜幕之下，转而又出现在分曹射覆、隔座送钩的宴厅之中。作者用这两种反差巨大的景象，反衬出自己的萧索孤独。作者的寂寞，是繁华喧嚣中的寂寞。

尾联"嗟余听鼓应官去，走马兰台类转蓬"，是作者回忆早晨离席应差时的情景和慨叹。昨晚的欢宴通宵达旦，楼内宴饮还在继续，楼外却已响起晨鼓。作者自叹身不由己，就像随风飘转的蓬草，不得不去秘书省应差，开始日复一日无聊寂寞的校书生活，与席上偶然相逢的佳人怕是再难相会。

【飞花解语】

"昨夜星辰昨夜风，画楼西畔桂堂东"可对"风"字令。

"隔座送钩春酒暖，分曹射覆蜡灯红"可对"春"字令。

月黑雁飞高，单于夜遁逃

"月黑雁飞高，单于夜遁逃"出自唐代诗人卢纶的《塞下曲》。全诗描写了边关将士雪夜追击敌人的场景。"月黑雁飞高，单于夜遁逃"语言精练，生动传神地写出了敌人趁夜仓皇潜逃之状。

塞下曲①

卢 纶

月黑②雁飞高，单于③夜遁④逃。

欲将⑤轻骑⑥逐⑦，大雪满⑧弓刀。

【注释】

①塞下曲：古时边塞的一种军歌。

②月黑：没有月光。

③单于（chán yú）：匈奴的首领。这里指入侵者的最高统帅。

④遁：逃走。

⑤将：率领。

⑥轻骑：轻装的骑兵。

⑦逐：追赶。

⑧满：沾满。

【译文】

被惊起的大雁飞翔在深浓夜色中，敌方将领趁着如墨一般的黑夜奔逃。将军率领着轻装的骑兵前去追赶，夜间飘飘洒落的大雪落满了他们的弓箭和弯刀。

【赏析】

《塞下曲》属《横吹曲辞》，是汉乐府的旧题，内容大多为边塞征战之事。本诗是卢纶《塞下曲》组诗的第三首，描写的是将军雪夜追击逃遁的敌方首领的壮举。

敌军首领在月黑风高的夜晚，带领手下的残兵败将奔逃。唐军临阵不乱，轻骑兵列队而出，乘胜追击。夜色深重，寒气逼人，将士们却不畏严寒，斗志昂扬，信心十足。全诗字字精练，作者以雪夜的严寒来衬托将士们守家卫国、奋勇杀敌的热情，气概豪迈。

诗文的前两句"月黑雁飞高，单于夜遁逃"，交代了事情发生的时间和背景。首句"月黑雁飞高"不是眼中景象，而是意中之景。无月，所以夜黑；大雁高飞，却声传于耳，更显夜的寂静。在这样月黑风高的夜晚，大雁本不该高飞，由此可见敌人趁夜色在行动。短短五个字，既交代了时间，又点明了场景，还烘托出战斗开始前的紧张气氛。箭在弦上，战事一触即发。

"单于夜遁逃"一句交代了事情的起因。敌军趁着黑夜行动，原本有各种可能，但作者此处点出他们是"夜遁逃"，读到此处，一股豪气扑面而来。敌人夜间的军事行动不是率军来袭，而是仓皇逃窜，唐朝军队的英勇威武可见一斑。作者没有描述白天的战斗场面，而是直接写出夜晚敌军仓皇逃遁，我军迅速追击，自然衔接了后两句中的场景。

敌军逃遁，我军自然"欲将轻骑逐"。我军将领率领轻骑兵准备追擒敌军，将发而未发。"轻骑"虽然行动迅捷，但人数却不是很多。黑夜追敌，大军仅仅派出"轻骑"，绝不只是因为其迅捷，还显示出了一种高度的自信：追擒逃敌，如探囊取物，定是手到擒来！

当将士们列队准备出发时，虽只有片刻集结，漫天大雪竟已经落满弓刀。末句"大雪满弓刀"，把全诗意境推到了顶点。在夜色浓重的晚上，在洁白的雪地上，一支轻骑兵迅速集结。顷刻间，纷飞的大雪落满了他们全身，而他们就像一支支满弓的箭，满怀必胜的信心！

全诗短短20个字，字字精练，传达了大量的信息，让读者产生了无穷的想象。

【飞花解语】

"月黑雁飞高，单于夜遁逃"可对"月"字令。

"欲将轻骑逐，大雪满弓刀"可对"雪"字令。

葡萄美酒夜光杯，欲饮琵琶马上催

"葡萄美酒夜光杯，欲饮琵琶马上催"出自唐代诗人王翰的《凉州词》。这句"葡萄美酒夜光杯，欲饮琵琶马上催"感情激昂豪迈，语言奇丽耀眼，音调激越铿锵，节奏奔放热烈，是不可多得的佳句。

凉州词
王　翰

葡萄美酒夜光杯①，欲饮琵琶马上催②。
醉卧沙场③君④莫笑，古来征战几人回？

【注释】

①夜光杯：用上等白玉制成的酒杯，光可照明。这里指华贵而精美的酒杯。

②催：指奏乐劝酒。

③沙场：平坦空旷的沙地，古时多指战场。

④君：你。

【译文】

酒席上精美的酒杯中盛满了甘美醇厚的葡萄酒，正准备举杯畅饮时，耳边又传来在马上弹奏的琵琶声。想到即将奔赴沙场，保家卫国，战士们个个豪情满怀，打算一醉方休。即便我醉倒在战场上你也不要见笑，自古征战沙场，又有几个人可以生还呢？

【赏析】

作者以潇洒豪迈的起笔，用激昂高亢的曲调和奇丽夺目的字眼写下本诗的首句"葡萄美酒夜光杯"。于是，读者仿佛突然置身于盛大的筵

席之中，只见那满桌的美味佳肴和香气四溢的美酒。作者以此句开篇，为全诗定下感情基调。

诗的第二句"欲饮琵琶马上催"的"欲饮"二字，映衬出这盛大筵席上美酒佳肴的非凡魅力，同时也表现出将士们豪迈的性格。红灯映照着美酒，将士们用精美的酒杯喝酒，吃着珍馐佳肴，是何等的美妙！正当大家准备开怀畅饮时，乐队又演奏起了琵琶。那欢快急促的琵琶声声声入耳，似乎在催促将士们举杯畅饮。此时此刻，酒宴上原本热烈的气氛一下就沸腾起来。

这里的"催"字有人解释为催人出发，这样的解释和下文似乎难以衔接。还有人解释：虽然在催促，但仍旧喝酒作乐。这样的解释也不切合将士们豪迈的气概。而"马上"二字又常常令人联想到出发。其实，在西域胡人中，琵琶本来就是在马上弹奏的。"琵琶马上催"即"马上琵琶催"，是对欢快宴饮的场面更深层次的渲染。

"醉卧沙场君莫笑，古来征战几人回"描写了筵席上豪迈的畅饮，似乎将士们更在乎"今朝有酒今朝醉"，末句"古来征战几人回"更是增添了悲伤的气氛。于是有人说这两句是"作旷达语，倍觉悲痛""故作豪饮之词，然悲感已极"。再后来，有人甚至用悲恸、反战、消沉、伤感等词语来总结这首诗的主旨。

其实不然。"古来征战几人回"显然是一种夸张的手法。回头看那欢宴的场面，将士们听着耳边阵阵传来的欢快、激越的琵琶声，兴致飞扬，在觥筹交错间便有了微醺的醉意。作者说，即便是醉倒在战场上，你也不要见笑！从古至今从战场上归来的将士，又有几个呢？而我早将生死置之度外了。由此可见，这三、四句是酒席上的劝酒词，是带着戏谑口吻的宽慰。"醉卧沙场"不仅仅表现了将士们爽朗豪迈的性格，还表现出将士们视死如归的勇气。

本诗描述了一个欢宴的场景，它的遣词是简明轻快的，节拍是欢快跌宕的，感情是奔放热烈的。本诗所展现出来的令人激动和向往的艺术魅力，也是盛唐时期边塞诗歌独具的魅力。

【飞花解语】

"葡萄美酒夜光杯"可对"酒"字令。

"古来征战几人回"可对"人"字令。

二十四桥明月夜，玉人何处教吹箫

"二十四桥明月夜，玉人何处教吹箫"出自唐代诗人杜牧的《寄扬州韩绰判官》。这是一首题赠友人的调侃诗作，追忆了扬州的繁华，遥问友人当此秋末之际、月明风清之夜，又在何处游乐。全诗意境优美，情致盎然。"二十四桥明月夜，玉人何处教吹箫"也是飞花令中"夜"字令常出现的诗句。

寄扬州韩绰①判官②
杜 牧

青山隐隐水迢迢③，秋尽江南草未凋④。

二十四桥明月夜，玉人⑤何处教吹箫？

【注释】

①韩绰：生平不详。杜牧另有《哭韩绰》诗。

②判官：观察使、节度使的属官。

③迢迢：指江水悠长遥远。一作"遥遥"。

④草未凋（diāo）：一作"草木凋"。凋，凋谢。

⑤玉人：貌美之人。这里是杜牧对韩绰的戏称。一说指扬州歌伎。

【译文】

青山隐隐，绿水迢迢，在江南的暮秋时节，草木依然繁盛，不曾凋落。一轮清秋的明月高悬在二十四桥之上，月华如水，不知你这美人又在哪里教人吹箫呢？

【赏析】

唐文宗大和七年（833年）至大和九年（835年），杜牧和韩绰曾一同在扬州淮南节度使府中任职，写这首诗的时候，杜牧已经离开了扬州。

唐朝时期，扬州为长江中下游繁华的城市。据记载，当时的扬州城"每重城向夕，倡楼之上，常有绛纱灯万数，辉罗耀烈空中。九里三十步街中，珠翠填咽，邈若仙境"。杜牧本身就喜欢游乐，他在扬州，更是常出没于花船之上，传下不少风流韵事。韩绰不仅是他的同僚，还是他的同道。杜牧回到长安后，想起自己和韩绰在扬州时的闲逸生活，便写诗寄赠。

诗的第一句"青山隐隐水迢迢"先画出大远景：连绵不断的青山，在天边隐藏了身影；绿水宛如一条丝带，迢迢不断。"隐隐"和"迢迢"是一对叠字，在刻画出山清水秀、景色宜人的江南风光的同时，隐约暗示着作者和好友韩绰相隔万里。在这重章叠句中，还回荡着作者思念似水江南的柔情，正像欧阳修的《踏莎行》描绘的那样"离愁渐远渐无穷，迢迢不断如春水"。

此时的江南时令已到秋末，可那里的草木依然葱茏，风光依旧妩媚。作者身在长安，心在扬州。由于种种因素，作者不得不回到长安，可是长安城的晚秋早已一片萧瑟，寒意凄清。因此作者更加怀念江南的绿水青山，怀念在热闹繁华的扬州城里和友人一同游玩的情景。

江南盛景数不胜数，扬州是江南的一颗耀眼明珠。在扬州时，作者印象最深刻的是"二十四桥明月夜"。徐凝在《忆扬州》中写道："天下三分明月夜，二分无赖是扬州。"这里的"二十四桥"有一种说法是吴家砖桥，传说古时有二十四位美人在桥上吹奏玉箫而得名。月亮高高地悬挂在二十四桥之上，清风徐来，当真是"月明桥上看神仙"。

诗的最后一句是对好友的调侃——"玉人何处教吹箫？""玉人"原本有美人之意，作者在此将"玉人"比作好友韩绰。作者本是问好友的近况，却以开玩笑的口吻说："你这美人又在何处教人吹奏玉箫呢？"这样的调笑，应和着前文格调清爽、清丽怡人的画面，虽有艳情却不轻薄。其中蕴含的情趣，更是"可言与不可言之间"的寄托，"可解不可解之会"的微妙意蕴（见叶燮《原诗》）。

【飞花解语】

"青山隐隐水迢迢，秋尽江南草未凋"可对"山""水"和"江"字令。

"二十四桥明月夜，玉人何处教吹箫"可对"月"字令。

松月生夜凉，风泉满清听

"松月生夜凉，风泉满清听"出自孟浩然的《宿业师山房待丁大不至》。此诗描写了作者夜晚借宿于山寺之中，在山间小径上等候友人的到来而友人不至的情景。全诗精练地描写了从薄暮时分到深夜的时令特征，融合了作者期盼友人到来却又洒脱自如的心情，语言委婉含蓄，挥洒自如。

宿业师山房待丁大①不至

孟浩然

夕阳度②西岭，群壑③倏④已暝。

松月生夜凉，风泉满清听⑤。

樵人⑥归欲尽，烟鸟⑦栖初定。

之子⑧期宿来⑨，孤琴⑩候萝径。

【注释】

①丁大：作者友人。名凤，排行老大，故称丁大，有才华而不得志。

②度：过、落。

③壑：山谷。

④倏：疾速。形容时间极为短暂。

⑤满清听：满耳都是清脆的响声。

⑥樵人：砍柴的人。

⑦烟鸟：雾霭中的归鸟。

⑧之子：这个人。这是古代对男子的美称。

⑨宿来：一作"未来"。

⑩孤琴：一作"孤宿"，或作"携琴"。

【译文】

夕阳从西边的山岭缓缓落下，千山万壑顿时变得昏暗朦胧。月光洒在松林上，透出晚间的凉意；风声与泉水声应和着，送来清越的声响。下山回家的樵夫已经渐渐稀少，雾霭中的鸟儿栖息在树林中。和你相约今晚共宿山寺，我带着琴在这青萝小径等候你。

【赏析】

此诗描写了作者在山中等候友人到来，但是友人未能如约而至时的情景。作者用似有若无的笔意，勾勒出傍晚时分到夜半时分的山中极具特色的美景，并寄情于景。全诗景物描写十分清雅，言浅情深，韵味非凡。

本诗的前六句描写了山寺夜晚清幽淡雅的自然景色，即夕阳西沉、群山昏暗、明月照松、清风和泉、樵夫暮归、烟鸟栖定，这些生动意象渲染了环境气氛。随着对景物的勾勒，时间也在悄然流逝。光线渐渐变暗，环境愈发清幽。孟浩然素来擅长用自然景物表现时间的变化，山中寻常可见的景色，经过作者的一番渲染，便成为一幅清幽美丽的画卷。

在勾勒这些自然景物时，作者不仅将山中从傍晚时分到夜半时分的特征准确地表现，而且将作者期盼知音到来的心情融合到山景之中。"松月生夜凉，风泉满清听"这句十分精妙。作者看到明月照松时，才发觉夜已渐深，始觉夜凉；听到潺潺的山泉，才发觉万籁俱寂，更觉幽静。

该诗前六句都是写景，直到第七句，作者才点出"之子期宿来"，然后再点出一个"候"字。作者已经在此等候很久了，但依然不急不躁。这样的描写不仅突出了作者儒雅的风度，也从侧面表露了作者平和的心境。

作者以"孤琴候萝径"为结语。"孤"字虽然用来修饰琴，同时也隐隐约约地点出作者此时也是孤单一人。至此，作者的形象便跃然纸上：一位俊朗的诗人，抱着琴，独自一人伫立在山间的小径上。月华如水，洒在爬满小径的藤蔓上；他风度儒雅，不急不躁，就这样静静地等待友人的到来。如此收尾，"愈淡愈浓、景物满眼，而清淡之趣更浮动，非寂寞者"。（刘辰翁《王孟诗评》）

【飞花解语】

"松月生夜凉，风泉满清听"可对"月""风"字令。

雨

"竹怜新雨后，山爱夕阳时。"阵雨过后，隐士到林中散步。草木有了雨露的滋润，更加青翠动人。隐士沿着山间小道来到友人的住处，看见友人正对着夕阳独酌，便提出行"雨"字令。有关"雨"的诗句不少，更别说刚刚的细雨还带来了诗意，但是隐士和朋友却对不出"雨"字令。原来，他们是故意说错，只为多喝一杯酒。

过雨看松色，随山到水源

"过雨看松色，随山到水源"出自唐代诗人刘长卿的《寻南溪常山道人隐居》。作者寻隐者而不遇，却见雨后青松青翠逼人，又随溪而行，漫步山谷，从清幽静穆的环境中领悟到了禅趣。作者将诗意巧妙地融合在景物中，语短情深，韵味非常。"过雨看松色，随山到水源"一句也常常出现在"雨"字令中。

寻南溪常山道人隐居

刘长卿

一路经行处，莓苔①见履痕②。
白云依静渚③，春草④闭闲门。

过雨⑤看松色，随山到水源。

溪花与禅⑥意，相对亦忘言。

【注释】

①莓苔：一作"苍苔"，即青苔。

②履痕：一作"屐痕"，木屐的印迹，此处指足迹。

③渚：水中的小洲。

④春草：一作"芳草"。

⑤过雨：遇雨。

⑥禅：佛教指清寂凝定的心境。

【译文】

我一路上踏过的地方，莓苔上印着我脚下木屐的痕迹。白云依偎着静悄悄的汀渚，青青芳草遮掩着紧闭的山门。雨后的松树青翠可人，沿着山间的小路，我可以追寻到小溪的源头。面对着小溪旁盛开的山花，我领悟到了禅的意境，却也不须用言语来说明。

【赏析】

本诗作于唐代宗大历年间，那是一个伤感的时代，当时唐王朝内忧外患连绵不断，文人们想摆脱不如意的社会现实带来的苦闷，去追求淡泊宁静的境界。在这首诗中，作者讲述了自己寻隐者而不遇，却偶得禅意的事情，是"时代心声"。

首联"一路经行处，莓苔见履痕"，作者围绕着诗眼"寻"字展开。顺着小路上莓苔的痕迹，作者一路寻访。那苔痕满地的清幽山间小路，正是道士往来出入的路径。这里远离尘世的喧嚣，宁静素雅，而小径上的苔痕也似乎是沉默的向导，引领作者去寻访隐居在此的道士。

颔联"白云依静渚，春草闭闲门"，作者寻路而来，见道士雅居。此时，远天之上白云飘絮，依偎着小洲；身前不远处，青草依依，遮挡

了关闭的蓬门。作者一路走来，看到的碧绿苔痕是幽静的，絮絮白云、依依芳草是闲适的。一切都那么自然恬淡，静默和谐。寻隐者而不遇的怅然之情在这样的环境中也悄然不见，唯留淡淡禅意萦回心头。

诗文的前两联交代了作者寻访常山道士而未果的事情，意绪清晰。诗文并没有直抒胸臆，而是继续写景——"过雨看松色，随山到水源"。雨后的青松显得青翠欲滴，更加喜人，作者沿着潺潺的流水寻找到小溪的源头。作者寻访常山道士未果，只得"随山"拾径而寻，顺便游览山色。"随山"不是原路返回，而是随山转折，沿着山路去探寻水的源头。山路峰回路转，曲径通幽。此时山间刚下过一场春雨，草木青翠茂盛。"过雨看松色"的"过"字把阵雨带来的清新怡人的气息描绘得淋漓尽致。

尾联"溪花与禅意，相对亦忘言"，讲述的是作者沿溪漫步，看到"溪花"，从中领悟到了禅意。清幽的山涧、静谧的山径、独自绽放的山花，都让作者感受到了恬静淡雅、超然物外的情趣，从而领悟了禅意。作者乘兴而来，兴尽而返，其中真意，欲辨忘言。

【飞花解语】

"白云依静渚，春草闭闲门"可对"云"字令。

"过雨看松色，随山到水源"可对"雨""山"和"水"字令。

"溪花与禅意，相对亦忘言"可对"花"字令。

孤灯寒照雨，深竹暗浮烟

"孤灯寒照雨，深竹暗浮烟"出自唐朝诗人司空曙的《云阳馆与韩绅宿别》。这首诗描绘了作者和好友离别多年后偶然重逢却又要分别的心路历程。多年离别，乍然相逢，作者激动欣喜的同时，又觉得自己身处梦境，可见两人真挚的情谊。全诗句式工整，语短情长，韵味非凡。

云阳①馆与韩绅②宿别③
司空曙

故人江海④别，几度⑤隔山川。
乍⑥见翻⑦疑梦，相悲各问年⑧。
孤灯寒照雨，深竹暗浮烟。
更有明朝恨，离杯⑨惜共传⑩。

【注释】

①云阳：县名，县治在今陕西泾阳西北。

②韩绅：《全唐诗》注："一作韩升卿。"韩愈的四叔名绅卿，与司空曙同时，曾在泾阳任县令，可能即为此人。

③宿别：同宿后又分别。

④江海：指上次的分别地。也可理解为泛指江海天涯，相隔遥远。

⑤几度：几次，此处犹言几年。

⑥乍：骤，突然。

⑦翻：反而。

⑧年：年时光景。

⑨离杯：饯别之酒。

⑩共传：互相举杯。

【译文】

　　自从和老朋友在江海分别，多年来我们之间一直隔着万水千山。如今和你再次相遇，我竟然疑心自己是否身处梦境；互相询问彼此这些年的经历，不由得心生伤悲。一盏昏黄的孤灯映照着窗外凄冷的夜雨；深幽的竹林里浮动着淡淡的云烟。可恨我们明天一早就要再次分别，让我

们为今晚来之不易的相聚共同举杯！

【赏析】

本诗写的是作者和友人久别重逢，乍然相见又要匆匆离别的情景。作者将重逢感受写得跌宕起伏，耐人寻味。

首联"故人江海别，几度隔山川"，作者从和友人的上次分别写起。上次分离距今已数年，分离之后，两人被山川阻隔，其中的相思之情，溢于言表。正因为相思心切，相逢不易，才有了后文描述乍然相见时的"疑梦"和依依惜别时的"离杯"。

颔联"乍见翻疑梦，相悲各问年"与首联成因果关系。正因为两人相见不易，又彼此挂怀，才有了"翻疑梦"这样的怀疑。如果没有牵挂，那这次偶遇就会平淡无奇，就不会有"翻疑梦"这样的欣喜和惊奇，就不会有"相悲各问年"的关切问询。此句"乍见翻疑梦，相悲各问年"与李益的"问姓惊初见，称名忆旧容"有异曲同工之妙，都是描写久别重逢的佳句。

后两联写作者和友人深夜在馆中叙谈的情景。作者与友人偶然重逢，却又要匆匆离别，其间的万语千言，哪能在片刻间说完？作者此时避实就虚，用描写景物的方法来渲染匆匆别离的哀愁。"孤灯寒照雨，深竹暗浮烟"，寒夜里的一盏昏黄的孤灯映照着窗外凄冷的夜雨，竹林深处，又升起淡淡的云烟。这句不仅写出了作者黯然悲凉的心情，还象征着人事的浮沉不定。

尾联"更有明朝恨，离杯惜共传"，表面上是写劝饮离杯，实际上诗意依然落到了离别之上。作者此处用"惜"字，写出两人即将分别时的离恨。全诗情绪跌宕起伏，作者把悲伤和欢喜都写到了极致，但这两句却举重若轻，轻轻收结，让人回味无穷。

【飞花解语】

"故人江海别，几度隔山川"可对"江"字令、"山"字令。

竹怜新雨后，山爱夕阳时

"竹怜新雨后，山爱夕阳时"出自唐代诗人钱起的《谷口书斋寄杨补阙》。本诗用动人的笔触勾勒出作者书斋依山傍水、清雅幽丽的环境，内涵丰富，韵味非常。"竹怜新雨后，山爱夕阳时"一句不仅常出现在飞花令的"雨"字令中，还常见于"山"字令中。

谷口①书斋寄杨补阙②

钱　起

泉壑③带茅茨④，云霞生薜帷⑤。

竹怜⑥新雨后，山⑦爱夕阳时。

闲鹭栖常早，秋花落更迟。

家僮⑧扫萝径⑨，昨⑩与故人期。

【注释】

①谷口：古地名，在今陕西泾阳西北。

②补阙：官名，职责是向皇帝进行规谏，有左右之分。

③泉壑：这里指山水。

④茅茨（cí）：茅屋。

⑤薜帷：帷幕的美称。

⑥怜：可爱。

⑦山：指谷口。

⑧家僮：家里的小仆人。

⑨打萝径：打扫门前松萝掩映的小路，表示迎客。

⑩昨：先前。

【译文】

我的小茅屋处在山谷中，被清泉环绕，云霞映照着帷幕。一场新雨过后，青青的竹林愈发青翠可人，夕阳映照下的小山更显奇丽。白鹭悠闲自得，早早地栖息在水边，山间的秋花却迟迟未凋落。家里的小仆人已经将松萝掩映的小路打扫干净，我早已约了老朋友前来相聚。

【赏析】

从这首诗的题目，读者就可以知道这是一首邀请朋友前来相聚的诗。作者极力描述自己书房的优美环境，意在盛情邀请好友前来。

首联"泉壑带茅茨，云霞生薜帷"中"茅茨"为"茅屋"之意，是作者对自己书斋的自谦。"泉壑带茅茨"中的"带"字，意为"像带子一样环绕"，这样的描写充分地调动了读者的想象力。山谷中坐落着一个雅致的书斋，四周的山泉像一条玉带一样环绕着它，阳光照耀下的院子云蒸霞蔚，浮云彩霞似乎从书斋里升腾而起，当真是人间仙境！

颔联"竹怜新雨后，山爱夕阳时"为倒装句，本来是宾语的"竹"和"山"，在诗中成了主语，作者赋予它们人的情感"怜"和"爱"，指出它们令人怜爱的原因是新雨的洗涤和夕阳余晖的映照。这些极富色彩感的遣词造句，让读者身临其境地体会到竹林和高山的清丽秀美。

颈联"闲鹭栖常早，秋花落更迟"，描写了这里的鸟儿和花朵。作者用一个"闲"字，说明这里的幽静。白鹭和秋花悠闲的生活状态，映衬出书斋的清幽雅致、清新宜居。

尾联"家僮扫萝径，昨与故人期"，写书斋中的小童早早地把那松萝掩映的小径打扫干净，昨天作者已经和友人约好今天相见，一如"花径不曾缘客扫，蓬门今始为君开"之妙。作者在前文极写书斋环境的幽雅秀丽、清新宜人，就是为引出和友人的约定，希望好友能如期赴约。

此诗语言精练，手法独具一格，写景优美雅致，表意韵味含蓄。细细品味，作者那盛情邀请的身影仿佛就出现在读者眼前。

"泉壑带茅茨，云霞生薜帷"可对"云"字令。

"竹怜新雨后，山爱夕阳时"可对"山"字令。

"闲鹭栖常早，秋花落更迟"可对"花"字令。

春潮带雨晚来急，野渡无人舟自横

"春潮带雨晚来急，野渡无人舟自横"一句出自唐代诗人韦应物的《滁州西涧》。诗中描写的景物本是寻常可见的，但是经过作者细腻笔触的点染，便成为一幅意境清幽、韵味非凡的画卷。同时，这首诗也包含了作者怀才不遇的无奈与忧伤。

滁州①西涧②
韦应物

独怜③幽草涧边生，上有黄鹂深树④鸣。

春潮⑤带雨晚来急，野渡⑥无人舟自横⑦。

【注释】

①滁州：在今安徽滁州以西。

②西涧：在滁州城西，俗称"上马河"。

③独怜：唯独喜欢。

④深树：枝叶茂密的树。

⑤春潮：春天的潮水。

⑥野渡：郊野的渡口。

⑦横：指随意漂浮。

【译文】

我唯独喜爱的是那涧边悄然生长的清幽小草，涧边的树丛里恰巧有黄鹂鸟在树上啼鸣。春潮伴着春雨在夜里急速上涨，渡口空无一人，只有一只小船在水中漂浮着。

【赏析】

这首诗描绘了清幽淡雅的春景，是作者在滁州西涧春游时的所见所闻。头两句写春景，作者独怜幽草，比喻愿意保持高尚的操守而不献媚；后两句写带雨春潮的迅疾涨势和轻舟独自横江的景色，暗示作者胸中的抱负难以施展。全诗表露了淡雅自得的胸襟和忧郁怅然的情怀。

前两句"独怜幽草涧边生，上有黄鹂深树鸣"写的是西涧的暮春美景。作者唯独喜爱那生长在小溪边的幽草，树荫里有黄鹂鸟正在婉转啼鸣。这幽雅清丽的萋萋青草应和着黄鹂鸟动听的啼鸣，造就了清幽的境界。这里虽然没有五彩缤纷的鲜花，但这青翠欲滴、恬淡自得的青草，却和作者的性格相符。所以作者用了"独怜"这样感情色彩浓郁的字眼，来说明自己愿意像这幽草一样，保持操守。

"独怜幽草涧边生"是静态的描写，那"上有黄鹂深树鸣"则为动态的勾勒。黄鹂鸟动人的啼鸣似乎打破了"幽草"的沉寂和闲适，使作者平静的内心激起一层涟漪。"上有黄鹂深树鸣"中的"上"字，不仅是客观的时空转移的描写，也突出了作者随缘而行、豁达开朗的胸襟。

后两句"春潮带雨晚来急，野渡无人舟自横"着重描写了郊野渡口的荒凉。傍晚时分，天空中下起了淅淅沥沥的春雨，与正在上涨的春潮交织在一起，西涧的水流顿时显得湍急。作者在"春潮"和"雨"之间用一个"带"字衔接，将这两个本无关联的事物紧紧连在一起，好似这春雨是应春潮的邀请而来，平添几分雅趣。

在末句"野渡无人舟自横"中，"无人"二字贴切地描写了渡口所处位置的"野"。这样的景色未免太过荒凉，但"舟自横"中的"自"

字，体现了作者虽身处荒野却悠然自得的心境，暗示作者淡泊自适、超然脱俗的豁达胸襟。

【飞花解语】

"春潮带雨晚来急，野渡无人舟自横"可对"春"字令。

清瑟怨遥夜，绕弦风雨哀

"清瑟怨遥夜，绕弦风雨哀"一句出自唐代诗人韦庄的《章台夜思》，是一首五言律诗，表达了作者漂泊在外、思念家乡的情感。"清瑟怨遥夜，绕弦风雨哀"一句中，作者借清瑟抒怀，寄予愁思。全诗一气呵成，表达了作者对韶华已逝、乡思难寄的无可奈何的愁怨。这首诗语言精妙，语短情长。

章台①夜思

韦 庄

清瑟②怨遥夜，绕弦风雨哀。

孤灯闻楚角③，残月下章台。

芳草已云暮④，故人殊⑤未来。

乡书⑥不可寄⑦，秋雁又南回⑧。

【注释】

①章台：章华台，在今湖北监利西北。

②瑟：古代弦乐器，像琴。

③楚角：楚地的号角声。

④已云暮：已经枯萎。暮，晚、迟，这里指草的凋零衰朽。云，语气助词，无实义。

⑤殊：犹，尚。

⑥乡书：指家书、家信。

⑦不可寄：无法寄。

⑧秋雁又南回：古时有雁足寄书的传说。这句是作者羡慕秋雁可以南归，悲叹家信不能寄。

【译文】

凄清的瑟声在长夜中回响，似乎在悲怨长夜。它缠绕在琴弦上，如凄风苦雨一般悲哀。孤灯下听到远处传来凄清的楚角声，我眺望着残月渐渐地沉下章台。那茂盛的芳草如今已经枯萎，远方的好友还没有到来。我写好的家书不能寄给我的亲朋好友，秋天的大雁已经再次南飞。

【赏析】

这是一首怀念家乡之作。"清瑟怨遥夜，绕弦风雨哀"，在一个漫漫长夜里，独坐的诗人听着这凄风苦雨，倍感哀怨。瑟在古代诗歌中是一个常见的意象，多有离别悲伤的含义。作者此句又用"怨"和"哀"字强调作者漂泊外地，奠定哀怨的基调。

诗的颔联"孤灯闻楚角，残月下章台"，作者继续用"孤灯""楚角""残月""章台"等意象来渲染自己孤灯独坐、乡愁满怀的酸楚。作者独坐阁楼，只见一轮残月悄悄从章台上溜走，耳边又传来楚角声。这一句，作者并没有直写自己的感触，而是将情感融合在环境中，对仗工整，用词质朴有韵味。

颈联"芳草已云暮，故人殊未来"，作者点明主题，揭示忧愁的原因——"故人殊未来"。"芳草已云暮"，代表时间的流逝，青青芳草又变得枯黄，而作者等待的故人却没有到来，哀怨与失落不言自明。

尾联"乡书不可寄，秋雁又南回"，点出作者思乡而不得归的苦闷。"乡书不可寄"，是因为作者和家乡之间的联系已经中断，既没有故人来到，又不能回乡，想到此处，作者更加悲苦。"秋雁又南回"，点明现在是清秋时节，大雁又一次回到了南方。这里的"又"字，说明作者已经多年不得还乡，每次见到北雁南飞，便更加思念家乡。《唐贤小三昧集续集》这样评价此诗："起得有情，接得有力，所谓万钧石在掌上转也。此诗与飞卿'古戍落黄叶'之作，皆晚唐之绝品也。"

【飞花解语】

"清瑟怨遥夜，绕弦风雨哀"可对"夜"字令、"风"字令。

"孤灯闻楚角，残月下章台"可对"月"字令。

"芳草已云暮，故人殊未来"可对"云"字令。

山林云水

山

　　中国人似乎极爱崇山峻岭，常有人说，即使你不喜欢登山，也要去欣赏东岳泰山之雄，西岳华山之险，中岳嵩山之峻，北岳恒山之幽，南岳衡山之秀。那些拥有至高无上权力的皇帝也要去名山祭天，以祈求风调雨顺。因此，古代关于大山的诗句格外多，如杜甫的"会当凌绝顶，一览众山小"，韦应物的"落叶满空山，何处寻行迹"等。即使你不常去爬山，也要熟悉一下这些关于大山的诗句，因为在飞花令中，"山"字令出现的频率可不低。

会当凌绝顶，一览众山小

　　"会当凌绝顶，一览众山小"一句出自杜甫的《望岳》。这首诗是脍炙人口的名篇。全诗描绘了泰山的雄伟磅礴，极写泰山崇峻的气势和奇丽的景色，表达了作者对祖国大好河山的热爱，也表达了作者不畏浮云、勇攀高峰、俯瞰天下的雄心壮志。

望 岳

杜 甫

岱宗①夫如何？齐鲁青未了②。

造化③钟神秀，阴阳割昏晓④。

荡胸⑤生层云，决眦⑥入归鸟。

会当凌绝顶⑦，一览众山小。

【注释】

①岱宗：泰山亦名岱山或岱岳，在山东省中部，绵延于济南、泰安之间，长约200千米。古代以泰山为五岳之首，诸山所宗，故又称"岱宗"。

②青未了：指郁郁苍苍的山色无边无际。

③造化：大自然。

④"阴阳"句：夸张的说法。此句是说泰山很高，在同一时间，山南山北一面明亮一面昏暗，判若拂晓和黄昏。

⑤荡胸：心胸摇荡。

⑥决眦（zì）：眼角（几乎）要裂开。这是由于极力张大眼睛远望归鸟入山所致。眦，眼角。

⑦会当：终当，定要。凌，登上。凌绝顶，即登上最高峰。

【译文】

泰山的景色到底如何？在齐鲁的广阔大地都能望见它连绵起伏的青色山脉。造物主将所有的秀美神奇都凝聚在这里，耸入云端的高峰将山南和山北分为拂晓和黄昏。千山万壑层云缭绕，荡涤着我的胸怀；我极目远眺，归鸟越飞越远。终有一日我要登上峰顶，满怀豪情地俯瞰群山！

【赏析】

首句"岱宗夫如何"，写作者猛然看见磅礴的泰山，兴奋得不知该如何去描述它，描绘了作者不停思考该如何赞美这雄峻高山之情态。

101

次句"齐鲁青未了"，是作者绞尽脑汁后得出的结论。他别出心裁地从泰山的地理特征出发，是说自己在齐鲁广大区域内都能望见泰山的青色山峦，以地域之广阔烘托出泰山的崇峻。

"造化钟神秀，阴阳割昏晓"两句，写作者近望时所见的泰山的神奇秀丽和巍峨形象。作者用一个"钟"字，将大自然写得有情。因为泰山的秀美实在一言难尽，不如直接写造物主对泰山情有独钟，这是作者的强烈感受。"割昏晓"的"割"字，极为精妙，从山的北面来看，那照临下土的阳光就像被一把硕大无朋的刀切断了一样，突出了泰山遮天蔽日的形象，将泰山写得充满力量、大气磅礴。

"荡胸生层云"，写作者细细欣赏山中美景，只见泰山中云气层出不穷，心胸也随之激荡。"决眦"二字写作者长时间目不转睛地看，眼眶有似决裂。颈联这两句表达了作者心情的激荡和眼界的空阔。

尾联"会当凌绝顶，一览众山小"，写作者由望岳而产生的登岳意愿。"会当"意为"一定要"，是唐朝人的口语，不应理解为"应当"，否则便失了凌云的豪情。这一句表现出作者不怕艰险、勇攀高峰、俯瞰天下的豪情壮志。

【飞花解语】

"荡胸生层云，决眦入归鸟"可对"云"字令。

空山松子落，幽人应未眠

"空山松子落，幽人应未眠"出自唐代诗人韦应物的《秋夜寄邱员外》。全诗语言质朴，晓畅通达，表达了作者对隐居好友的想念。

秋夜寄邱员外①

韦应物

怀君属②秋夜，散步咏凉天。

空山松子落，幽人③应未眠。

【注释】

①邱员外：名丹，苏州人，曾官仓部、祠部员外郎，后隐居临平山中。

②属：正值，适逢，恰好。

③幽人：幽居隐逸的人，此处指邱员外。

【译文】

在这深秋的凉夜中，我深深地思念你，却只能独自徘徊，吟咏这凉如水的秋夜。你那边空山中的松子都已经掉落在地上了吧，在那里隐居的你应该和我一样，还没有入眠。

【赏析】

诗论家向来欣赏韦应物所作的五言绝句，他的诗没有波澜壮阔、激情澎湃的豪情壮志，却有一种恬淡雅致的风格美。这首《秋夜寄邱员外》曾得到这样的赞美："清幽不减摩诘，皆五绝中之正法眼藏也。"（施补华《岘佣说诗》）全诗语短情长，细细品来有无穷的韵味。

首句"怀君属秋夜"，这平铺直叙的开篇，犹如水墨画的淡淡泼墨，渲染出作者对友人的思念。作者在一个万籁俱寂、天凉如水的秋夜里思念着远在他乡的好友。这秋夜是寒凉的，此时作者的心也是孤寂的。

故而作者在次句写道"散步咏凉天"。作者难以入睡，独自在这寒凉的秋夜徘徊沉吟。这一句与首句衔接自然，"散步"是因心中"怀君"，"凉天"是因"秋夜"寒重。这两句都是以写实的手法描写作者本身，他因思念远方的好友而难以入眠，独自在这万籁俱寂的深秋凉夜里漫步、吟咏。

第三句"空山松子落"，作者想到了好友，并发问：你那边的松子都该掉落了吧？这一句"空山松子落"也遥承了前两句的"秋夜"和"凉天"。季节上的统一让作者神思飞驰到了远方，他想象着友人所在之地的景象。

最后一句"幽人应未眠"，作者独自徘徊在夜月下，推想友人在这样寒凉的秋夜中应也没有睡觉，遥承了前文的"怀君""散步"。诗的前两句是实写，后两句则是想象。这种想象是从作者本身思念友人、徘徊吟咏的情境里生发，也是对前两句情感的深化。这种虚实结合的写作手法，使眼前之景和意中之景相并列，让怀人之人和所怀之人千里神交，体现出作者对友人的深厚情谊。

作者寥寥几笔，浅浅勾勒，将自己心中对友人的牵挂娓娓道来。全诗好似一幅轻描淡写的水墨画，作者漫步庭院，吟咏月下，遥念挂怀的身影悄然浮现在读者面前。诗中质朴精练的语言、真挚动人的情感，让人回味无穷。

【飞花解语】

"怀君属秋夜，散步咏凉天"可对"夜"字令、"天"字令。

青山横北郭，白水绕东城

"青山横北郭，白水绕东城"出自李白的《送友人》。这是一首充满诗情画意的送别诗。这首诗情感真挚深切，表达了作者送别友人时的离愁别绪。全诗语言精妙，境界开阔，自然流畅，是世人广为传诵的名篇。"青山横北郭，白水绕东城"一句不仅出现在飞花令的"山"字令中，"水"字令中也常见其身影。

送友人

李 白

青山横北郭①，白水②绕东城。

此地一③为别④，孤蓬⑤万里征⑥。

浮云游子意⑦，落日故人情。

挥手自兹⑧去，萧萧⑨班马⑩鸣。

【注释】

①郭：古代在城外修筑的一种外墙。

②白水：明净的水。

③一：助词，加强语气。

④为别：分别。

⑤蓬：古书上说的一种植物，干枯后根株断开，遇风飞旋，也称"飞蓬"。作者用"孤蓬"喻指远行的朋友。

⑥征：远行。

⑦浮云游子意：曹丕《杂诗》："西北有浮云，亭亭如车盖。惜哉时不遇，适与飘风会。吹我东南行，行行至吴会。吴会非我乡，安得久留滞？弃置勿复陈，客子常畏人。"后世用为典实，以浮云飘飞无定喻游子四方漂游。

⑧兹：此。

⑨萧萧：马的嘶叫声。

⑩班马：离群的马，这里指载人远离的马。

【译文】

　　青山横卧在城北之外，清澈的河水环绕着城东。今日一别，你便像那风中的孤蓬一样，远飘万里之外。天空中的白云飘浮不定，就像你远游时的心意。落日缓缓西沉，仿佛和我一样对你依依不舍。挥一挥手，就从这里分别吧，就连马儿也因为离别而萧萧悲鸣。

【赏析】

这是一首送别诗，作者通过对环境的描写，渲染对朋友的依依别情。全诗语言精妙，构思精巧，不落窠臼。

首联"青山横北郭，白水绕东城"，点出了别离的地点。作者已经和友人到了城外，远处的青山横卧在外城之北，清澈的流水宛如一条玉带环绕着城东。这两句对仗工整，色彩明丽，用词精妙准确，描绘了送别时的大远景。

颔联"此地一为别，孤蓬万里征"，作者直写离别时分的悲伤，是说此地一别，你就像那风中飘舞的蓬草一样远飞千里。此句对仗并不工整，但语意上陡然扯破了首句青山绿水的美丽风景，情绪变得低沉哀伤。"蓬"这一意象多比喻漂泊，是说友人如风中飞蓬那样踏上万里征途。"蓬"前又加一"孤"字，更可见作者对友人的顾念之深。

颈联"浮云游子意，落日故人情"，作者大笔一挥，为此时的别离铺就怅然辽阔的背景。天空的白云飘忽不定，夕阳缓缓西沉。这里作者巧妙地把友人比拟为"浮云"，同时又将自己依依惜别的情谊寄予"落日"，意为：远游的好友就像天边的浮云一样飘忽不定，身不由己；而作者此时送别好友的心情犹如那天边的夕阳缓缓落下，不愿西沉。比喻贴切，情感真挚动人。

尾联"挥手自兹去，萧萧班马鸣"，情意更加真切。送君千里，最终要挥手告别，而此时的两匹马儿也萧萧悲鸣，不愿分别。作者将这马的鸣叫声借为离别之声，这萧萧悲鸣中似乎蕴含着无限深情。

本诗结构精巧新颖，诗中的青山绿水、白云红日交相辉映，色彩明丽。整首诗如同一幅有声有色的画卷，画中的自然之美和友情之美和谐淡雅。

【飞花解语】

"青山横北郭，白水绕东城"可对"水"字令。

"浮云游子意，落日故人情"可对"云"字令。

江山留胜迹，我辈复登临

"江山留胜迹，我辈复登临"出自孟浩然的《与诸子登岘山》。本诗讲述了作者与好友一起登临岘山，见到山上的羊公碑，联想到自己仕途渺茫，胸中抱负得不到施展，不由悲从中来、泪如雨下的情景。全诗写景抒情自然真挚，于平淡之中体现出深远意境。

与诸子①登岘山②

孟浩然

人事有代谢③，往来④成古今。

江山留胜迹，我辈复登临⑤。

水落鱼梁⑥浅，天寒梦泽⑦深。

羊公碑⑧尚在，读罢泪沾巾。

【注释】

①诸子：指作者的几个朋友。

②岘（xiàn）山：一名岘首山，在今湖北襄阳以南。

③代谢：交替，兴衰。

④往来：旧的去，新的来。

⑤复登临：对羊祜曾登岘山而言。羊祜镇守襄阳时，常与友人到岘山饮酒赋诗，有过江山依旧而人事短暂的感伤。

⑥鱼梁：沙洲名，在襄阳鹿门山的沔水中。

⑦梦泽：云梦泽，古大泽，即今江汉平原。这里代指湖泊沼泽。

⑧羊公碑：后人为纪念西晋名将羊祜而建。

【译文】

人世间的万事万物交相更替，在岁月往来之中演变成了古时与今日。江山之上常常留存着名胜古迹，让我们这些人能够登临。潮水隐退，鱼梁洲的身影渐渐显露；天寒露清，云梦泽更显缥缈深沉。岘山上依然屹立着当年的羊公碑，读完碑文，我泪满衣襟。

【赏析】

首联"人事有代谢，往来成古今"讲述了一个质朴的真理：世间万物都在变化发展。古往今来，无论是朝代的更迭还是家族的兴衰，或者是人们的生老病死、悲欢离合，都不可能违背这一真理。这两句落笔大气磅礴，却又流露出作者对未来彷徨不定的惆怅和自己怀才不遇的茫茫心事。

颔联"江山留胜迹，我辈复登临"承接首联。"留胜迹"是对"古"的承接，"复登临"是对"今"的承接。作者在本诗中流露出伤感情绪，是因为今日登临岘山，看到了羊祜庙和堕泪碑。羊祜在襄阳为官时，政通人和，人民安居乐业。羊祜死后，人们为了缅怀他，于岘山建造羊祜庙，并为其立碑。作者想到前人能够名垂千古，自己却默默无闻，不免暗自伤怀。

颈联"水落鱼梁浅，天寒梦泽深"，写的是作者登山远眺的景色。在岘山是看不到云梦泽的，这里的"梦泽"代指湖泊沼泽。这两句诗写出了肃杀的秋景。作者登山远望，只见满目肃杀的景色，不禁慨叹"去日苦多"，转眼间一年又要过去，自己蹉跎白首，满腹才华却得不到施展，心中的悲伤抑郁几乎喷薄而出。

尾联"羊公碑尚在，读罢泪沾巾"，作者直抒胸臆，直写自己读碑文而痛哭流涕的场景。其中"尚"字用得尤为精妙。羊祜是晋朝初期镇守襄阳的名将，而孟浩然是在盛唐时期登临岘山，四百年过去了，人世有了巨大的变化，但是羊公碑依然屹立。作者遥想古人风采，仰慕他能名垂千古，自己却依旧默默无闻，不由得悲从中来，泪满衣襟。

本诗语言平淡质朴，感情真挚动人，于平淡之中体现了深远的意

境。清代沈德潜评孟浩然诗词："从静悟中得之，故语淡而味终不薄。"本诗亦如此。

【飞花解语】

"江山留胜迹，我辈复登临"可对"江"字令。

"水落鱼梁浅，天寒梦泽深"可对"水"字令、"天"字令。

白日依山尽，黄河入海流

"白日依山尽，黄河入海流"一句出自王之涣的《登鹳雀楼》。全诗只有短短二十字，却有着气吞万里的豪迈气概，缩北国的万里风光于咫尺之间，令人心胸激荡。诗中蕴含的朴素深刻的哲理，千百年来也一直激励着中华民族昂扬向上、奋勇向前。

登鹳雀楼①
王之涣

白日②依③山尽④，黄河入海流。

欲⑤穷⑥千里目⑦，更⑧上一层楼。

【注释】

①鹳雀楼：因时有鹳雀栖其上而得名，其故址在山西省永济市境内古蒲州城外西南的黄河岸边。

②白日：太阳。

③依：依傍。

④尽：消失。这里指太阳落山。

⑤欲：想要。

⑥穷：极尽，使达到极点。这里指穷尽目力，把美景看够。

⑦千里目：指远望的目光，是夸张的说法。

⑧更：再。

【译文】

夕阳依傍着山峦缓缓西沉，黄河水滔滔奔涌，向着东海奔流。若想看遍这千里风光，那还需登上更高的一层城楼。

【赏析】

诗的前两句"白日依山尽，黄河入海流"，写的是作者登楼远望所见到的壮阔景象。作者下笔极为质朴，语言晓畅通达，意境雄奇壮阔，高度概括了目之所及的千里盛景。

作者在楼上遥望，只见一轮落日缓缓西沉，依傍着远方连绵起伏、一望无际的群山，在视野尽头消失不见。这是自上而下，由天边望向大地的远景。紧接着在次句，作者目送流经鹳雀楼的黄河水，那河水波涛汹涌，奔腾咆哮，滚滚东逝。这是自下而上，由大地又回望天边的远景。作者将观察到的景物全部容纳在这两句诗中，显得画面格外的宽广。

作者身处鹳雀楼，本不能看到黄河入海的景象，所以"入海流"是作者的意中之景。作者将眼前景色与想象中景色融为一体，当真是"尤工远势古莫比，咫尺应须论万里！"（杜甫《戏题王宰画山水图歌》）

至此，作者似乎已经写尽了眼前的盛景，无法再描述。可后两句"欲穷千里目，更上一层楼"出人意表，将这首诗引入更加高妙的境界，为读者展示了更加广阔的视野。最后的"楼"字，也点明了这是一篇登楼之作。由后两句诗，读者推想而得，作者前面描述的景色并不是在最高层所见，极有可能是在第二层看到的。

作者还想穷尽目力，看尽更多的景色，于是产生了"更上一层楼"的想法。从表面上看，作者似乎只是平铺直叙地写了自己登楼的过程，

但从更深层次上讲，这是在说明作者积极探索、勇于进取、积极向上的精神，同时也暗藏着站得高才能望得远的哲理。

这首诗虽短小，却极为豪迈。作者在写景时，将黄河之北苍茫辽阔的万里风光缩至咫尺之中；在抒情时，满是昂扬向上、奋勇向前的豪情。通读全诗，不仅能让人遥想那鹳雀楼前的壮丽风景，也让人志气昂扬。

【飞花解语】

"白日依山尽"可对"山"字令。

"偶然值林叟，谈笑无还期。"在古代文人雅客心中，最美好的生活，莫过于归隐山林，闲时与好友下棋，间或遇到山中老叟，与之谈论山下的生活。因此，在行"林"字令时，古人常常将这样的情感寄托在诗句中，即使他们身处热闹的酒宴中。

偶然值林叟，谈笑无还期

"偶然值林叟，谈笑无还期"出自王维的《终南别业》。此句有声有色地写出了作者退隐后自得其乐的闲适情趣，也体现出作者豁达开朗的性格。全诗虽没有华丽的辞藻，读者却能在这如同白话般的诗句中，体会出诗味和理趣。

终南别业

王 维

中岁①颇好②道③，晚家④南山⑤陲⑥。
兴来每独往，胜事⑦空自知。
行到水穷处，坐看云起时。
偶然值⑧林叟，谈笑无还期⑨。

【注释】

①中岁：中年。

②好（hào）：喜好。

③道：这里指佛教。

④家：安家。

⑤南山：终南山。

⑥陲（chuí）：边缘。

⑦胜事：美好的事。

⑧值：遇到。

⑨还期：归期，回家的时间。

【译文】

我中年时很喜爱佛道禅机，晚年时便将家安置到终南山旁边。我有兴致的时候，便会独来独往，其中的快乐也只有我自己能够体会。闲庭信步地走到了水流的尽头，静静地坐着仰头观看白云起落飘飞。偶尔遇到一个山林老人，我便和他相谈甚欢，以至于忘记了回家的时间。

【赏析】

全诗抒发了作者对怡然自乐的隐居生活和对恬淡闲适的情趣的向往。开篇"中岁颇好道，晚家南山陲"便点出作者中年便想归隐奉佛、领会禅意的思想寄托。"道"这里指的是佛教。"颇"字，点明了他对佛教虔诚向往的心态。"晚"字在此处有两个意义："晚近"或者"晚年"。如果是前者，"晚家南山陲"就是作者对自己隐居生活的现实描绘；如果是后者，"晚家南山陲"则是作者对自己晚年生活的构想。

颔联"兴来每独往，胜事空自知"，写的是作者自由自在的山林生活。作者兴之所至，便信步漫游于山中，那样自然洒脱的快意只有作者自己才能够体会到。"每"字，表明了作者频频"兴来独往"，并非偶然。这里的"独"并没有孤独的意思，据记载，和作者一同隐居的还有裴迪等人。这里使用"独"字，突出作者兴致一来便去欣赏美景。

颈联"行到水穷处，坐看云起时"，照应上文所说的"胜事"。作者自由闲适地漫步山间，不知不觉已经沿着小溪走到了尽头，于是索性坐下，看漫天云卷云舒。清风徐来，白云缱绻；流水潺潺，草木欣欣。一切是那样的美好，作者的心灵也得到自然的洗涤，烦恼尽消。作者此时仿佛和天地万物融为一体，达到了天人合一的高妙境界。

尾联"偶然值林叟，谈笑无还期"，写作者偶然碰到了在山中生活的老人，两人相谈甚欢，不知不觉间竟然忘了时间，迟迟没有回家。作者那超脱物外的洒脱和淡雅闲逸的本性，和前文漫步山间的闲逸自在浑然一体，让全诗意境变得圆融完整。

全诗不以华丽的辞藻来吸引读者，而在这平白直叙中浅浅独白。作者心中的自得其乐、失落无奈都随山中的闲云流水，悄然飘散，唯留淡淡禅意。

【飞花解语】

"中岁颇好道，晚家南山陲"可对"山"字令。

"行到水穷处，坐看云起时"可对"水"字令、"云"字令。

深林人不知，明月来相照

"深林人不知，明月来相照"一句出自王维的《竹里馆》。此句写作者独坐幽深竹林，弹琴吟咏，无人相伴。这时天上的明月似乎明白作者的心意，因而照在他的身上，和他相伴。全诗意境幽绝，从自然平淡的景象中，传达出作者安闲自得、出尘不染的心境。

竹里馆^①

王 维

独坐幽篁^②里，弹琴复长啸^③。

深林^④人不知，明月来相照^⑤。

【注释】

①竹里馆：辋川别墅胜景之一，房屋周围有竹林，故名。

②幽篁（huáng）：幽深的竹林。

③长啸：噘口发出长而清脆的声音，类似于打口哨。这里指吟咏、歌唱。古代一些超逸之士常以此来抒发感情。

④深林：指"幽篁"。

⑤相照：与"独坐"相应，意思是说，左右无人相伴，唯有明月似解人意，偏来相照。

【译文】

我独自一人坐在这幽深的竹林里，一边弹琴一边高声吟咏。没有人知道我身处竹林深处，一轮明月来到身边将我照耀。

【赏析】

王维晚年厌倦官场上的尔虞我诈，去官归隐，在蓝田辋川的别墅中过着隐居的生活，此诗就是他在辋川生活时的作品。

诗的首句"独坐幽篁里"，"幽篁"指幽深的竹林。作者夜中兴之所至，起身前往竹林深处。"独"字点明作者此时是一个人，作者在辋川隐居时并非没有同伴，此时独自而行而不是呼朋引伴，彰显了作者洒脱不羁的性格。

那作者前往幽静的竹林做什么？次句承接上文，交代了作者的具体行为——"弹琴复长啸"，作者在一边弹琴，一边高声吟咏。由此可见，作者的隐居生活是安闲舒适的，他的内心是欢愉的，他与清幽静谧的竹林融为一体，颇有出尘之意。

后两句"深林人不知，明月来相照"，此时并没有人知道他在这幽深的竹林中独自弹琴吟咏，可作者并不觉得寂寥，因为有明月陪伴他。

作者在对景物进行描写时，只用了"幽篁""深林""明月"三个词语。作者用"幽"和"深"点染竹林，以"明"来修饰月亮，自然烘托出一个幽深静谧的境界。

与此同时，诗中对人物活动的描写，也只有"独坐""弹琴""长啸"。作者没有具体阐述独坐之情态、琴曲之高妙、篇章之华美，而是将平淡的白描和清幽的背景相结合，形成浑然一体的意境，让人神气爽然。

全诗只有寥寥二十字，却情景交融、声色俱现、虚实结合、动静相谐，写出作者安闲舒适的隐居生活，展现了作者洒脱出尘的性格特征，成为脍炙人口的名篇。

【飞花解语】

"深林人不知，明月来相照"可对"林"字令和"月"字令。

江静潮初落，林昏瘴不开

"江静潮初落，林昏瘴不开"出自唐代诗人宋之问的《题大庾岭北驿》。此句写作者被流放的途中见江潮平静，林烟弥漫，只觉得自己的前途犹如眼前林中轻烟一般渺茫。全诗语言质朴精练，感情真挚动人，韵味悠长，语短情深。"江静潮初落，林昏瘴不开"一句也常出现在飞花令的"林"字令中。

题大庾岭①北驿②

宋之问

阳月③南飞雁，传闻④至此回。

我行殊未已⑤，何日复归来？

江静潮初落，林昏瘴⑥不开。

明朝望乡处⑦，应见陇头梅⑧。

【注释】

①大庾（yǔ）岭：在江西、广东交界处，为五岭之一。

②北驿：大庾岭北面的驿站。

③阳月：阴历十月。

④传闻：传说，听说。

⑤殊未已：远远没有停止。

⑥瘴（zhàng）：旧指南方湿热气候下山林间对人有害的毒气。

⑦望乡处：远望故乡的地方，指站在大庾岭处。

⑧陇头梅：大庾岭地处南方，其地气候和暖，故十月即可见梅。旧时红白梅夹道，故有梅岭之称。

【译文】

十月间南飞的大雁，听说到了这里就要返回。可是我还远未到达贬谪之地，需要继续前行，何时可以回归？潮水刚刚退落，此时的江面显得平静无波；瘴气仍在郁结，林间昏暗异常。我明天早上再回首遥望故乡，应该可以看到山头上盛放的梅花了吧。

【赏析】

本诗为作者被流放途中所作，流露出作者对故乡的怀念和对前途渺茫的彷徨，发自肺腑，感人至深。

首联"阳月南飞雁，传闻至此回"，写作者眼中所见和心中所感。

传说中，南飞的大雁至大庾岭而返。作者在被流放的途中，心中对故乡的眷恋之情随着距离越来越遥远而变得越来越浓烈。行路至此，作者想到这样的传说，怀念家乡的忧伤之情更加浓烈，悲切的开篇即由此而来。

颔联"我行殊未已，何日复归来"是作者对自身的慨叹。大雁飞到这里就可以自由自在地北归，而此地离作者被流放的地方依然遥远。作者何时才能像大雁一样回到家乡？大雁的"至此回"和作者"殊未已"之间形成了强烈的对比。由雁及人，人不如雁，作者的悲切感慨蕴藏其中。这一句，委婉含蓄地表达出作者心中的忧伤、哀怨，以及对故乡的思念。

颈联"江静潮初落，林昏瘴不开"，对比过大雁后，作者转头描写眼前的景色。江潮已经回落，此时的江面波澜不惊，显得异常平静。但是作者的心绪像缭绕在林间的瘴气一样翻腾起伏，作者的未来也像那昏暗溟蒙的幽林一样看不见光明。回首远望，故乡早已没有踪迹，前路漫漫，凶吉难料。这位被放逐南方的诗人，内心是迷离恍惚的，眼前的景色是凄清孤寂的，这样的情景更加渲染了作者内心的悲苦。

尾联"明朝望乡处，应见陇头梅"，作者又从写景转为抒情。意为：等明天我站在五岭的时候，还能最后一次回首眺望我的家乡。翻过五岭，就是丛林密布的南方，应该还能看到岭头的梅花吧。作者如此期许，让内心得到了些许慰藉。但是慰藉之后剩下的酸楚，却一言难尽。

全诗语言质朴，感情真挚。作者对故乡的眷恋，对渺茫前途的彷徨，尽在诗中。

【飞花解语】

"阳月南飞雁，传闻至此回"可对"月"字令。

"江静潮初落，林昏瘴不开"可对"林"字令。

北土非吾愿，东林怀我师

　　"北土非吾愿，东林怀我师"出自孟浩然的《秦中寄远上人》。这是一首五言律诗。作者当时身处困境，进退不得，对仕途生活充满失望，写这首诗是为抒发内心怀才不遇的抑郁和进退两难的愁苦。全诗直抒胸臆，语言质朴，将作者心中的哀愁苦闷真挚自然地表现了出来。

秦中①寄远上人②

孟浩然

一丘③常欲卧，三径④苦无资⑤。

北土⑥非吾愿，东林⑦怀我师。

黄金燃桂⑧尽，壮志逐年衰。

日夕⑨凉风至，闻蝉⑩但益悲。

【注释】

　　①秦中：此指长安。

　　②远上人："上人"是对僧人的敬称；"远"是法号。

　　③一丘：一丘一壑，意指隐居山林。

　　④三径：《三辅决录》卷一谓"蒋诩归乡里，荆棘塞门，舍中有三径，不出，唯求仲、羊仲从之游"。后指归隐后所住的田园。

　　⑤资：钱财。

　　⑥北土：指秦中。

　　⑦东林：指庐山东林寺，东晋高僧慧远在庐山的禅舍。这里借指远上人所在的寺院。

　　⑧燃桂：烧贵如桂枝的柴。

　　⑨日夕：傍晚。

⑩闻蝉：听蝉鸣能引起人悲秋之感。卢思道《听鸣蝉篇》有"听鸣蝉，此听悲无极"。

【译文】

我常想隐居山林不再理会人间的杂事，但是又没有资金去开辟隐居的园林。进京求官并非我的本意，我心中时常思念在东林隐居的高僧远上人。钱财在我羁旅生活中已经消耗殆尽，我的雄心壮志也一年年地衰减。黄昏时分，凉风吹过，我听着风中的蝉鸣，心中更加悲苦。

【赏析】

这是一首直抒胸臆的抒情诗。全诗不加润色，用白描的笔法写出作者内心的失意与追求归隐生活而不得的无可奈何，感情发自肺腑，真挚自然。

首联"一丘常欲卧，三径苦无资"，正面描写了作者心中所愿。作者追求的原是闲适安逸的隐居生活，因此他用"一丘""三径"这样具有山野风格和园林意趣的意象，自然贴切地表明对隐逸生活的向往。然而"苦无资"又将作者拉回穷困潦倒的现实，其心中抑郁，可想而知。

颔联"北土非吾愿，东林怀我师"中"北土"是指长安，在此借指为官，此句点明作者不愿为官的心志。"东林怀我师"中的"怀"字，表示作者心中对远上人的尊敬和怀思，暗示了作者追求归隐的内心所思。前后两句一正一反，相得益彰。

颈联"黄金燃桂尽，壮志逐年衰"，作者进一步描写此时穷困的生活和心灰意冷的生活态度。多年的羁旅生涯让作者囊中羞涩，年岁渐长让其内心的豪情也不复往昔。此句对仗工整，流畅洒脱，"高下相须，自然成对"（刘勰《文心雕龙·丽辞》）。

尾联作者融情于景。"日夕凉风至，闻蝉但益悲"，用"凉风""蝉鸣"表现出秋天的景象。凉风萧瑟、蝉鸣萧萧的秋景将全诗渲染出一种哀伤情调，作者此时身居北土，旅途艰难，怀才不遇，因而

"益悲"。

　　本诗最鲜明的特点是抒情直率坦然。古人写诗往往借助诸多意象来抒发心中情感，而本诗却一反常态，平铺直叙，如画中白描。这样不加润色的白描笔法，让全诗读来明朗率直，诗中所蕴含的情感也得到自然的宣泄，更显作者坦率。

【飞花解语】

　　"日夕凉风至，闻蝉但益悲"可对"风"字令。

林表明霁色，城中增暮寒

　　"林表明霁色，城中增暮寒"出自唐代诗人祖咏的《终南望余雪》。全诗自然流畅，意趣洒脱，言尽意远。"林表明霁色，城中增暮寒"是飞花令中"林"字令的高频诗句。

终南①望余雪②
祖　咏

终南阴岭③秀，积雪浮云端。
林表④明霁⑤色，城中增暮寒⑥。

【注释】

　　①终南：终南山，在唐朝京城长安（今陕西西安）南。

　　②余雪：指未融化之雪。

　　③阴岭：北面的山岭，背向太阳，故曰阴。

　　④林表：林梢。

⑤霁（jì）：雨、雪后天气转晴。

⑥暮寒：傍晚的寒气。

【译文】

遥望终南山北秀丽的风光，山中的白雪好像飘浮在云端之上。夕阳的余晖洒在树林的枝头，薄暮时分，长安城又增添了些许寒凉。

【赏析】

本诗名为《终南望余雪》，顾名思义，是作者从长安遥望终南山顶如浮云端的未消之雪后所作。

首句"终南阴岭秀"，写的是作者从长安方向眺望终南山的景色，其目之所及自然是山的"阴岭"。诗中的"秀"字是远望之后，作者对终南山秀美风景的赞颂，自然地引出下句。

诗的第二句"积雪浮云端"，是对上句诗的承接，是"终南阴岭秀"的具体内容。"浮"字用得十分生动。积雪本不可能真正飘浮于云端，这里的"浮"字说明了终南山高耸入云，其峰顶的积雪还未完全融化，山顶的白云随风轻舞，而高出云端的积雪又在阳光照耀下光芒流转，故而给人一种积雪飘浮在白云之上的感觉。

第三句"林表明霁色"，写的是雪后初晴，阳光洒落在"林表"，为其涂抹上明丽的色彩。"霁"指雨、雪初晴后的阳光，用在此处有如点睛之笔。终南山距长安城很远，在阴天遥望，自然是模糊朦胧，即使是晴天远眺，终南山也隐藏在云雾中，只能见得茫茫雾霭，难见其真颜；只有在雨、雪初晴时，人们才能见到终南山的真面目。

诗人贾岛对终南山有过这样的描述："日日雨不断，愁杀望山人。天事不可长，劲风来如奔。阴霾一以扫，浩翠写国门。长安百万家，家家张屏新。"雨后初晴时，终南山更显青翠，长安城中家家户户都好像张开了一面青翠欲滴的屏风。唐代如此，如今也是如此，久居西安的人应该都有过这样的体验。

祖咏的"霁"不仅是雨雪初晴，更是指云开雾散，夕阳西下。诗中终南山的"霁色"出现在"林表"。远望终南山，人们只能看到山高处的树林。"林表明霁色"，表示此时夕阳余晖斜洒，不仅照亮了浮云残雪，也染红了林表，结尾句中的"暮"字也顺势而来。

　　诗的最后一句"城中增暮寒"，写的是作者望余雪后的切身感受。冬季日暮时，天气本就寒冷，而终南山顶还留有余雪。俗话说"下雪不冷化雪冷"，雪的消融吸收了大量的热量，所以更增寒意。作者从眼中所见写到心中所感，意蕴已经完整，但此诗是应试之作，要求写满十二句诗才可结束。作者不想画蛇添足，故未曾续貂，惹主考官不快，也因此落榜。

【飞花解语】

　　"终南阴岭秀，积雪浮云端"可对"雪"字令和"云"字令。

云

有多少古人曾想象自己踏上祥云，羽化成仙？然而，这只是一种美好的愿望罢了，他们只能将这种情感寄托在诗词中。比如，常建这样感叹王昌龄隐居之所："清溪深不测，隐处惟孤云。"在贾岛笔下，隐士生活在云端："只在此山中，云深不知处。"其实，与其说诗人想成仙，不如说他们想离开纷扰的俗世，成为一名隐士。不信的话，你可以观察一下那些喜欢行"云"字令的人，看看他们是不是都有一颗远离世俗之心。

清溪深不测，隐处惟孤云

"清溪深不测，隐处惟孤云"一句出自唐代诗人常建的《宿王昌龄隐居》。此句描写了王昌龄隐居之所的雅致幽深、别有洞天，作者在此小住之后竟然产生安居于此的想法，归隐之心一目了然。全诗语言平实质朴，意蕴含蓄悠远，语短意长，引人深思。

宿王昌龄隐居
常 建

清溪深不测①，隐处②惟③孤云。
松际露微月，清光犹④为君。

茅亭宿⑤花影，药院⑥滋苔纹。

余⑦亦谢时⑧去，西山鸾鹤群⑨。

【注释】

①深不测：指清溪之水流入山林深处，不见尽头。

②隐处：隐居的地方。

③惟：只有。

④犹：还，仍然。

⑤宿：停留。

⑥药院：种芍药的庭院。

⑦余：我。

⑧谢时：辞去世俗之累，指归隐。

⑨群：与……为伍。

【译文】

清澈的溪流幽静深远，在你隐居之地唯有孤云可以做伴；月亮从松林之间缓缓升起，好像是特意为你洒下一片清辉。草亭下的花影斑驳错落，种芍药的院子里也滋生了青苔的纹路。我也想辞去尘世间的一切，到西山和鸾鹤相伴。

【赏析】

本诗为山水隐逸诗，盛唐时期已经广为传诵，与另一首《题破山寺后禅院》并为作者的代表作。

首联"清溪深不测，隐处惟孤云"，描述了王昌龄以前的隐居之所的清静雅致。"深不测"并非说流水的深度，而是从横向上说溪水从石门山的深处缓缓流出，不知其源。王昌龄的隐居之地在这石门山中，远远望去，只见一片孤云。山中白云是古诗中隐居者的标志，是风度清逸潇洒的象征。这里用"孤云"这一意象，是因为此时王昌龄已经不在此隐居，作者便觉得这里的云也变得孤独。

领联"松际露微月，清光犹为君"，作者夜宿此地，只觉清新爽朗。明月从松林间缓缓而出，携漫天华光，可月儿不知这里的主人已经不在此隐居。在作者眼中，山中的一切都和王昌龄有了深厚的感情。

颈联"茅亭宿花影，药院滋苔纹"，写在清幽的夜晚，王昌龄隐居之地更显雅致。小院中种满了芍药，屋子周围点缀着朵朵野花。由此可见，王昌龄也是一个高雅之人，虽然遁入山林却仍热爱生活。其中隐逸的情趣也深深地打动了作者，归隐之思也因此变得炙热。

尾联"余亦谢时去，西山鸾鹤群"，承接上联，写出自己归意已决。"鸾鹤"只有在仙界方才得以寻觅，作者愿与鸾鹤为群，是说隐居的生活如同仙境一般让人向往。这里的"亦"字别有用意，此时王昌龄已经出仕，而作者偏偏说要像他一样过着隐逸的生活，婉转表达了自己希望王昌龄坚持初衷、继续归隐的意愿，起到了点题的作用。

全诗的艺术特点正如前人所概括的那样"其旨远，其兴僻，佳句辄来，唯论意表"。作者在写景的同时又使用了比兴寄喻，发人联想，动人传神。

【飞花解语】

"松际露微月，清光犹为君"可对"月"字令。

"茅亭宿花影，药院滋苔纹"可对"花"字令。

"余亦谢时去，西山鸾鹤群"可对"山"字令。

牛渚西江夜，青天无片云

"牛渚西江夜，青天无片云"出自李白的《夜泊牛渚怀古》，此诗描述了作者望月怀古时的眼中所见和心中所感，抒发了作者难遇知

音的伤感之情。全诗结构分明，情绪跌宕起伏，意象宏伟瑰丽，写景隽永清新。

夜泊牛渚^①怀古

李　白

牛渚西江^②夜，青天无片云。
登舟望秋月，空忆谢将军^③。
余亦能高咏^④，斯人^⑤不可闻。
明朝挂帆席^⑥，枫叶落纷纷。

【注释】

①牛渚：山名，在今安徽省当涂县西北。

②西江：古代从南京以西到江西境内的一段长江，牛渚也在西江这一段中。

③谢将军：东晋谢尚，陈郡阳夏（今河南太康）人，镇守牛渚时官左卫将军。

④高咏：高声吟咏。谢尚赏月时，曾闻诗人袁宏在船中高咏，大加赞赏。

⑤斯人：此人，指谢尚。

⑥挂帆席：扬帆驶船。

【译文】

我将小船停泊在西江中的牛渚矶头，青天之上不见一片云彩。我登上小船仰望秋日里的皓月，心中怀念起晋代的谢尚将军来。我也能像袁宏那样朗诵美好的诗篇，却再也难遇见当年那样善于赏识人才的谢将军。明天早上我就要扬帆远去，只留两岸的枫叶在秋风中飘零纷飞。

【赏析】

东晋谢尚将军镇守牛渚时，秋夜泛舟赏月，适袁宏在运租船中诵已作《咏史》诗，音辞都很好，遂大加赞赏，邀其前来，谈到天明。袁宏从此名声大振，后官至东阳太守。诗题中的"怀古"就是指这件事，这是李白慨叹知音难遇的一首名诗。

首联"牛渚西江夜，青天无片云"，作者泼墨于穹顶，点出这是一个月白风清、寥廓空明的夜晚。青天之上，不见一片云朵；西江之中，唯见滔滔流水。这星夜的明朗和浩渺的西江融为一体，诗中境界变得渺远空阔，作者的悠悠神思也与这浩浩天地相融合了。

于是，作者"登舟望秋月，空忆谢将军"。作者眼前之景恰似东晋谢尚将军泛舟西江偶遇袁宏的那个月夜，而这样空阔渺远的境界极易触发作者怀古的情思。这里的"空"字，表现出作者对往事的追思，也暗示了这份追思注定得不到回应。

在这首诗的颈联，作者发出了这样的慨叹："余亦能高咏，斯人不可闻。"尽管自己像袁宏那样有着惊人的才华，但是如今却再也遇不到像谢将军这样的知音了。"不可闻"回应上文的"追忆"二字，也蕴含着作者对知音难遇的慨叹。"杨意不逢，抚凌云而自惜；钟期既遇，奏流水以何惭？"（王勃《滕王阁序》）

尾联"明朝挂帆席，枫叶落纷纷"，作者想象了明朝孤帆远行的情景。在萧瑟的秋风中，一片孤帆高挂，即将远行，唯留江岸枫叶在飞舞飘扬，无言相送。这样凄凉萧瑟的情景，更增添了作者难觅知音的寂寞凄清的情怀。

全诗旨意明朗而单纯，内容也不深刻复杂，用语自然清晰，融情于景，含蓄不露，故而形成了一种悠远动人的韵味，这也与李白那"不着一字，尽得风流"的神韵相吻合。"举头千古，独往独来，此为佳作，一清如水，无迹可寻。"（《精选五七言律耐吟集》）

【飞花解语】

"牛渚西江夜，青天无片云"可对"江""夜"和"天"字令。

"登舟望秋月，空忆谢将军"可对"月"字令。

我家襄水曲，遥隔楚云端

"我家襄水曲，遥隔楚云端"出自孟浩然的《早寒江上有怀》。这是一首怀乡思归的抒情诗。全诗讲述了作者在长安屡屡碰壁后的惘然和惆怅，流露出作者欲归而不得的苦闷。诗中语言平淡，意蕴悠长，写景自然贴切，抒情真切质朴。

早寒江上有怀
孟浩然

木落①雁南度②，北风江上寒。

我家襄水曲③，遥隔楚云端④。

乡泪客中尽⑤，归⑥帆天际看。

迷津⑦欲有问，平海⑧夕漫漫⑨。

【注释】

①木落：树木的叶子落下来。

②雁南度：大雁南飞。度，此指飞越。

③襄水曲：在汉水的转弯处。襄水，即汉水，流经孟浩然的家乡襄阳（今属湖北）。曲，曲折转弯处。

④楚云端：长江中游一带的云的尽头。襄阳古属楚国。遥望家乡，被云阻隔，故称楚云。

⑤乡泪客中尽：思乡眼泪已流尽，形容客居生活无比辛酸。

⑥归：一作"孤"。

⑦迷津：迷失道路。津，渡口。

⑧平海：宽阔平静的水面。

⑨夕漫漫：形容江边暮色苍茫无际。

【译文】

落叶纷飞，北雁南归，江上吹来的北风生出阵阵寒意。我的家乡就在襄水的转弯处，楚云的尽头。在多年的羁旅生活中，我已经流干了思乡的眼泪，只是茫然地眺望着天际的一叶孤帆。我像迷路了一样徘徊着，黄昏中只见江面平阔浩荡，漫漫无边。

【赏析】

本诗是一首思念家乡的抒情诗，但全诗情感复杂矛盾：诗中既流露出作者对田园生活的羡慕，又流露出作者想舒展胸中抱负的心愿。

首联"木落雁南度，北风江上寒"，是作者对眼前之景的描写。作者写出有代表性的事物，点明了此时正是秋季。树叶渐渐飘落，北雁纷纷南归，但这样的秋景并不足以说明"寒"，于是作者加入了江上呼啸的北风，寒意便扑面而来。

颔联"我家襄水曲，遥隔楚云端"，作者开始起兴，由眼前之景，兴起为思乡之情。"襄水"就是汉水，作者以"曲"字来概括襄阳一段蜿蜒曲折的汉水。"遥隔"两字，表明作者与家乡两地隔绝，不得归去。襄阳在古代属于楚国，故诗中称"楚云端"。

诗的颈联"乡泪客中尽，归帆天际看"，作者直抒胸臆，将心中的思乡之情一泻无余。"乡泪客中尽"是作者对自己切身感受的描述，作者不知有多少次午夜梦回，思念家乡。"归帆天际看"是作者的遥想，他想象远隔万水千山的家人一天天遥望着江上的船帆，期盼自己归去。

尾联"迷津欲有问，平海夕漫漫"中的"迷津欲有问"，借用《论

语·微子》中孔子使子路问津的典故，突出归隐与从政的矛盾。孟浩然本隐居在襄阳，如今却奔走于各地求官，心中矛盾。作者以"平海夕漫漫"作为结语，将思归不得的愁苦和前路茫茫的徘徊都寄寓在这迷茫的黄昏江景中。

【飞花解语】

"木落雁南度，北风江上寒"可对"风"字令和"江"字令。

"我家襄水曲，遥隔楚云端"可对"水"字令。

"乡泪客中尽，归帆天际看"可对"天"字令。

落叶人何在，寒云路几层

"落叶人何在，寒云路几层"一句出自李商隐的《北青萝》。这是一首五言律诗。全诗语言精练，层次清晰，意蕴深远。这首诗讲述了作者拜访孤僧的事情。作者用独敲钟磬、闲倚孤藤等事物来渲染"孤"字，表现出自己的苦闷彷徨，以及对现实的不满。作者希望从佛教中领悟禅意，得到慰藉。

北青萝①
李商隐

残阳西入崦②，茅屋访孤僧。

落叶人何在，寒云路几层。

独敲初夜③磬④，闲倚一枝藤。

世界微尘里，吾宁爱与憎⑤。

【注释】

①青萝：一种生在石崖上的植物，此处代指山。南朝江淹《江上之山赋》："挂青萝兮万仞，竖丹石兮百重。"

②入崦（yān）：指太阳落山。崦，即"崦嵫（zī）"，山名。古时常用来指太阳落山的地方。《山海经》载，鸟鼠同穴山西南有山名崦嵫，日所入处。

③初夜：黄昏。

④磬（qìng）：佛寺中使用的一种钵状物，用铜铸成，做念经时的打击乐器。

⑤"世界"句：语本《法华经》："书写三千大千世界事，全在微尘中。"意思是大千世界俱是微尘，我还谈什么爱和恨呢？《楞严经》说："人在世间，直微尘耳。何必拘于憎爱而苦此心也！"

【译文】

夕阳西沉，没入了西边的崦嵫山中，我去山中的茅屋寻访独自居住的僧人。落叶满山，不见僧人的身影；山间的小径层层叠叠向白云深处蜿蜒。黄昏时分，只见你独自敲磬，念诵经文，平日里你闲适地倚着一根青藤杖。原来大千世界都如尘土，我又何必有如此多的爱与憎！

【赏析】

首联"残阳西入崦，茅屋访孤僧"，写作者在黄昏时分寻访独居的僧人。作者当时被党争搞得心力交瘁，生活漂泊，孤苦无依。从"茅屋"二字，读者可以看出僧人生活简朴，作者直言"孤僧"，说明这僧人并不厌倦孤独。作者此时去寻访这位清苦孤居的僧人，显然是想从对方身上得到启示。

颔联"落叶人何在，寒云路几层"，写作者拜访孤僧时的所经之路、所见之景。此时正是深秋时节，山间落叶纷飞，云雾缭绕。作者想去拜访孤僧，却不知僧人住在何处。作者于山林间四处寻觅而不得，情

132

不自禁地问："人何在？"山间树木密集，寒云缭绕，作者沿着山路一路寻访，不知走过了几层云山。这清幽深远的景色，侧面展示了孤僧无意于红尘、寄情于山水的意趣，也突出作者一路寻访，不辞辛苦。

颈联"独敲初夜磬，闲倚一枝藤"，写作者经过千回百转终于找到了茅屋，寻访到了僧人，只见那僧人在薄暮时分独自敲磬诵经。僧人虽独自生活，却依然不怠佛事，虔心侍佛。作者站在茅屋外，耳边传来阵阵清脆的磬声，抬眼望去，漫天星辰尽收眼底，一切都显得如此静谧安详，尘心亦被这静夜清音洗涤。此后，作者又用"闲倚一枝藤"来讲述僧人的生活日常。"藤"是藤条做的手杖，极为简朴，僧人的生活倚仗仅仅是一枝"藤"，但他却安闲自得，从容不迫。

尾联"世界微尘里，吾宁爱与憎"，写作者与孤僧交谈后获得的思想启迪。佛教认为世界的万事万物全处在一粒微尘中，人也不过是更加微小的尘土罢了。作者领悟了这个道理，看淡了心中的爱憎之情，以淡泊的心境来面对宦海沉浮。

此诗在突出僧人淡泊渺远的心境的同时，也写出作者不辞辛苦、一心追寻禅理的愿望。全诗层次清晰，意蕴深长，细细品来，如饮清茶，口留余香。

【飞花解语】

"独敲初夜磬，闲倚一枝藤"可对"夜"字令。

只在此山中，云深不知处

"只在此山中，云深不知处"出自唐代诗人贾岛的《寻隐者不遇》。这是一首五言绝句，以问答的形式展开，寓问于答，生动自然地表现出作者寻访隐者却不得的焦急心情。全诗遣词质朴清丽，语浅意深，情真意切，朴素自然，是难得的佳作。

寻隐者①不遇
贾　岛

松下问童子②，言③师采药去。
只在此山中，云深不知处④。

【注释】

①隐者：古代指不肯做官而隐居在山野之间的人。一般指的是贤士。

②童子：没有成年的人，小孩。在这里是指"隐者"的弟子、学生。

③言：回答，说。

④处：行踪，所在。

【译文】

　　我去询问在松树下等候的童子，在何处拜访其师；童子回答说师父正在山上采药。隐士就在这座大山中，只是云雾重重难以寻觅其行踪。

【赏析】

　　本诗作者别出机杼，运用了问答体，不是一问一答，而是多次问答并寓问于答，将所处的环境、所面对的人物，以及具体情节都囊括在短短二十字中，言简意丰。

　　首句"松下问童子"，作者省略了询问的主体"我"，单单列出了"松下"和"童子"这两个带有强烈的隐居气息的意象，一下子让人远离世间的喧嚣，进入青松白云的隐居世界。

　　次句"言师采药去"，童子回答说师父外出采药。由"师采药去"可知作者询问过"师往何处去"。在诗的第三句"只在此山中"，又省略了"何处采药"这一问句。最后一句"云深不知处"，又是童子对作

者"在山何处"的问题的答复。这三番问答，本应需要六句才能表达出来，而贾岛采用了寓问于答的手法，将其凝练为短短四句，二十个字。

然而，本诗的成功，不单单是因为其言简意丰，还有其蕴藏的妙趣。作为一首抒情诗，本诗将深沉潜藏于平淡，我们细细咀嚼才能品出作者访友时感情的起伏。一般访友，得知对方不在便会扫兴而归。但是在这首诗中，作者一问不得后并不善罢甘休，而是继而再问，仍不得，而后再有第三问，足见其中的情深意切。

作者"松下问童子"时是满怀希望的。得知"言师采药去"时，作者心情转为失望。"只在此山中"，又让作者心生希望。"云深不知处"，则让作者怅然若失，无可奈何。其中情绪几番起伏，语言繁复，而落笔却十分简洁，以简笔写繁情，更是彰显其情深意切。

诗中隐士以采药为生，济世救人，为贾岛所崇敬。作者用青松赞誉其风骨，白云彰显其高洁。而这样的世外高人却寻访不遇，更添作者内心的怅惘。作者本是僧人，而后还俗。然而，他的仕途并不得意，因此他始终渴望着隐居世外的脱俗生活。这里寻隐者而不遇，也是作者对心中渴求隐居生活而不得的暗示。全诗语言质朴，韵味悠长，广为世人传诵。

【飞花解语】

"只在此山中，云深不知处"可对"山"字令。

水

　　"抽刀断水水更流，举杯销愁愁更愁。"在行"水"字令时，李白的这句诗从不会被人遗忘。这句诗如此出名，以至于人们习惯性地将"水"与离愁别绪联系在一起。实际上，"水"还代表了其他意象。比如在"桃花尽日随流水，洞在清溪何处边"中，它是桃花源的一个缩影；在"漠漠水田飞白鹭，阴阴夏木啭黄鹂"中，它又代表了隐士生活。你若想在行"水"字令时出奇制胜，就要认真了解水代表的其他意象。

抽刀断水水更流，举杯销愁愁更愁

　　"抽刀断水水更流，举杯销愁愁更愁"出自李白的《宣州谢朓楼饯别校书叔云》。这是一首脍炙人口的名篇。作者借饯别友人抒发心中沉郁的忧思。全诗结构跳跃多变，反映出作者内心思绪的复杂与苦闷。

宣州谢朓楼①饯别校书叔云
李　白

弃我去者，昨日之日不可留；乱我心者，今日之日多烦忧。
长风万里送秋雁，对此可以酣高楼。
蓬莱文章②建安骨③，中间小谢④又清发。

俱怀逸兴⑤壮思飞，欲上青天览明月。

抽刀断水水更流，举杯销愁愁更愁。

人生在世不称意，明朝散发⑥弄扁舟⑦。

【注释】

①谢朓（tiǎo）楼：又名北楼、谢公楼，是南齐谢朓任宣城太守时所建，唐时重建，改名为叠嶂楼。李白曾多次登临，并且写过一首《秋登宣城谢朓北楼》。

②蓬莱文章：借指李云的文章。蓬莱，此指东汉时藏书之东观。《后汉书·窦融传》云："是时学者称东观为老氏藏室、道家蓬莱山。"

③建安骨：指刚健遒劲的诗文风格。汉末建安（汉献帝年号，196—220年）年间，"三曹"和"七子"等作家所作之诗风骨遒劲，后人称之为"建安风骨"。

④小谢：指谢朓，字玄晖，南朝齐人。后人将谢灵运和他并称为大谢、小谢。这里用以自喻。

⑤逸兴（xìng）：飘逸豪放的兴致。

⑥散发（fà）：去冠披发，指隐居不仕。这里是形容狂放不羁。

⑦弄扁（piān）舟：乘小舟归隐江湖。扁舟，小舟，小船。春秋末年，范蠡辞别越王勾践，"乘扁舟浮于江湖"（司马迁《史记·货殖列传》）。

【译文】

过去的日子已经离我而去，我也无法挽留；如今的岁月让我更增添烦恼忧愁。秋雁高飞在万里长风中，此情此景正适合在高楼上畅饮。您的文章有建安时期刚健的风骨，我的诗歌又像谢朓的一样清新。我们都怀着壮阔的心志和飘逸豪放的兴致，欲上九天将明月揽入怀中。抽刀断水却让水流更加湍急，想举酒杯解忧却更添忧愁。人生在世这样不如心意，不如明天就散发驾舟，浪迹天涯。

【赏析】

本诗为一首饯别诗。作者当时在宣州的谢朓楼上，举杯痛饮，逸兴思飞，感慨万千。诗中既有豪情，又有抑郁，情感跌宕起伏。

本诗起笔二句，豪迈如风雨骤至。从表面上看，是作者对时光无情流逝和岁月的烦忧的慨叹，离题甚远，实际上作者紧扣"烦忧"来暗扣诗题中的"饯别"。作者只觉时光匆匆流逝，烦忧甚多，抒发了自己长期以来怀才不遇的郁结和对黑暗现实的强烈不满。

诗的三、四句，点明了送别的时间和地点。写此时天高气爽、长风万里、秋雁南飞，只有在高楼上畅饮美酒，才能排解作者胸中难以宣泄的郁悒。

在这首诗的五、六句中，作者分别写饯别的主客双方。这里的"蓬莱文章"是指李云的文章，上句称赞李云的文风刚健，具有建安风骨。下句作者则是以"小谢"自比，是说自己的诗风和小谢的一样清新秀丽。这两句自然地关合了题目中的"谢朓楼"和"校书"。

七、八两句，是说彼此都怀有豪情壮志，在畅饮之际，逸兴思飞，甚至想登九天而抱明月。其豪放、天真，都在作者酒酣兴发时得到和谐的统一，这也正是李白的性格。

"抽刀"二句与开头二句相呼应，作者回归现实，发现精神上的苦闷依然无法摆脱，举杯消愁也徒然无用。所以在末尾二句，作者写不如散发归去，浪迹天涯。

作者借饯别李云来抒发自己沉郁的忧思，激昂豪迈；诗的结构又极尽变化，反映出作者极端复杂的思想和心中难以排解的苦闷。

【飞花解语】

"长风万里送秋雁，对此可以酣高楼"可对"风"字令。

"俱怀逸兴壮思飞，欲上青天揽明月"可对"天"字令、"月"字令。

鸿雁几时到？江湖秋水多

　　"鸿雁几时到？江湖秋水多"出自杜甫的《天末怀李白》。作者遥念当时已是深秋而李白却依然在流放途中。这首诗表达了作者对李白的牵挂同情之心和对其悲惨遭遇的愤慨。全诗情感浓厚真挚，语言含蓄隽永，是一篇广为传诵的抒情名篇。

天末①怀李白

杜　甫

凉风起天末，君子②意如何？

鸿雁③几时到？江湖④秋水多。

文章⑤憎命达，魑魅⑥喜人过。

应共冤魂⑦语，投诗赠汨罗⑧。

【注释】

　　①天末：天的尽头。当时李白因永王李璘案被流放夜郎（今贵州桐梓地区）。作者当时远在秦州，时常忧思。秦州地处边塞，如在天之尽头。

　　②君子：指李白。

　　③鸿雁：喻指书信。古代有鸿雁传书的说法。

　　④江湖：喻指充满风波的路途。这是为李白的行程担忧之语。

　　⑤文章：这里泛指文学。这句意思是：有文才的人总是薄命遭忌。

　　⑥魑（chī）魅：鬼怪。这里指坏人或邪恶势力。这句是指魑魅喜欢幸灾乐祸，说明李白被贬是遭人诬陷的。

　　⑦冤魂：指屈原。屈原被放逐，投汨罗江而死。杜甫深知李白从永王李璘实出于爱国，却蒙冤被放逐，正和屈原一样。所以说，应和屈原一起诉说冤屈。

⑧汨（mì）罗：汨罗江，在湖南湘阴东北。

【译文】

深秋时节的秦州寒风阵阵，老朋友啊，不知道你现在的心情怎样呢？鸿雁何时才能传来你的音信？江湖险恶，你一路上可要多加小心啊。你的文采卓著，遭到上天的嫉恨，因此身世坎坷，魑魅小鬼也正高兴地等待你经过。你的委屈只能同含冤沉江的屈原诉说，不如写首诗投入滔滔的汨罗江中。

【赏析】

首联"凉风起天末，君子意如何"，作者借秋风起兴，为全诗定下了悲愁的基调。凉风乍起，时节已经到了深秋，万物萧瑟，作者遥想正在羁旅途中的李白，情不自禁地问候："君子意如何？"这看似是不经意间的寒暄，却蕴含了深深的关切，言浅情深。

颔联"鸿雁几时到？江湖秋水多"，上句写作者不知挚友信息，急盼李白来信告知；下句则写作者对李白艰难路途的挂怀。其中"秋水"一词和上句的"凉风"相呼应，即江湖多风波之意。

颈联"文章憎命达，魑魅喜人过"，写作者对李白的牵挂之情进一步变为对其身世坎坷的同情。"文章憎命达"一句，是说文才过人者总是坎坷多难；"魑魅喜人过"一句隐喻李白被流放是遭小人诬陷。这两句写出了自古以来才智过人者的命运，"一憎一喜，遂令文人无置身地"。（刘濬《杜诗集评》）

尾联"应共冤魂语，投诗赠汨罗"，写李白流放途中必经江湘一带，杜甫自然联想到因谗言而被放逐，最后投身于汨罗江的爱国诗人屈原。李白和屈原千载同冤，作者因此想象着李白途经汨罗江会凭吊屈原，并与之诗赋唱和。"投诗赠汨罗"中的"赠"字，使屈原虽死犹生。李白与屈原同是文才过人，又同是因谗获罪，李白途经至此，定会写诗相赠。这是对前文"意如何"的回应，又写出了作者对李白的同情

和牵挂。

　　吟诵全诗，犹如打开一封好友的来信，其中的殷切牵挂、真挚怀念和心中对友人坎坷遭遇的愤懑都跃然纸上，实为一篇抒情名作，也是唐代两位伟大诗人友谊的记录和见证。

【飞花解语】

　　"凉风起天末，君子意如何"可对"风"字令和"天"字令。

　　"鸿雁几时到？江湖秋水多"可对"江"字令。

漠漠水田飞白鹭，阴阴夏木啭黄鹂

　　"漠漠水田飞白鹭，阴阴夏木啭黄鹂"一句出自王维的《积雨辋川庄作》。此诗以明媚鲜丽的色彩，描绘出关中平原上久雨初歇后美丽、繁忙的景象。作者将自己清幽淡雅的隐居生活和优美的田园风光相结合，勾勒出一个清新明净、淡雅闲适的世界，描写了作者脱离尘俗的禅意生活。

积雨辋川庄①作

王　维

积雨空林②烟火迟，蒸藜炊黍饷东菑③。
漠漠④水田飞白鹭，阴阴⑤夏木⑥啭黄鹂。
山中习静观朝槿⑦，松下清斋⑧折露葵⑨。
野老与人争席罢⑩，海鸥何事更相疑⑪？

【注释】

　　①辋（wǎng）川庄：即王维在辋川的宅第，在今陕西蓝田终南山

中，是王维隐居之地。

②空林：疏林。

③菑（zī）：已经开垦了一年的田地。此泛指农田。

④漠漠：形容广阔无际。

⑤阴阴：幽暗的样子。

⑥夏木：高大的树木，犹乔木。夏,大。

⑦"山中"句：意为深居山中，望着木槿花的开落以修养宁静之性。习静，谓习养静寂的心性，亦指过幽静生活。槿（jǐn），植物名。落叶灌木，其花朝开夕谢。古人常以此物悟人生枯荣无常之理。

⑧清斋：指素食，长斋。

⑨露葵：经霜的葵菜。葵为古代重要蔬菜，有"百菜之主"之称。

⑩争席罢：指自己要隐退山林，与世无争。争席，典出《庄子·杂篇·寓言》：杨朱去从老子学道，路上旅舍主人欢迎他，客人都给他让座；学成归来，旅客们却不再让座，而与他"争席"，说明杨朱已得自然之道，与人们没有隔膜了。

⑪"海鸥"句：典出《列子·黄帝篇》：海上有人与鸥鸟相亲近，互不猜疑。一天，父亲要他把海鸥捉回家来，他又到海滨时，海鸥便飞得远远的，心术不正破坏了他和海鸥的亲密关系。这里借海鸥喻人事。何事，一作"何处"。

【译文】

雨后的树林中缓缓升起炊烟，农家正忙碌着蒸藜煮黍去送给东边田地里劳作的亲人。广漠的水田上有白鹭飘然飞过，夏天茂密的树林中有黄鹂鸟在婉转地啼鸣。我在山中静心养性，观木槿花开花落而悟禅理，采摘那带着露水的葵菜，在松树下享用素斋。我已经成为隐居山中的野老，海鸥啊，你为何还要怀疑？

【赏析】

这首诗描述的是作者在辋川隐居的生活。全诗如同一幅清新淡雅的水墨画，将作者隐居的清雅生活勾勒得淋漓尽致。

诗的前四句描写了辋川的农事和田园山水风光。作者在首联浅浅勾勒，渲染出一个久雨初停、天朗气清的大背景，再写农家炊烟渐升，人们前去饷田，读来只觉温馨自然。颈联"漠漠水田飞白鹭，阴阴夏木啭黄鹂"，是对久雨初晴的山野四周特有景象的描写，此句音光相和，动静相谐，意境恬静，引人神往，是写景名句。

后四句描写了作者安逸闲静的隐居生活和其与世无争的内心情感。作者在清幽的山林中修身养性，面对朝开夕落的木槿花领悟禅意，采摘带着清露的葵菜，享受素斋。作者由木槿花的迅疾凋零联想到人生在世也如白驹过隙，世事的烦忧和仕途的曲折不应该成为生命的主体。厌倦尘世喧嚣的作者此时已物我两忘，与人相处也不再拘泥，无所隔膜。

此诗由客观之幽静，进而为主观上的清静，再进而为艺术上的静美，如一幅淡雅的山水画，当真是诗中有画，画中有诗。

【飞花解语】

"积雨空林烟火迟，蒸藜炊黍饷东菑"可对"水"字令和"雨"字令。

"山中习静观朝槿，松下清斋折露葵"可对"山"字令。

桃花尽日随流水，洞在清溪何处边

"桃花尽日随流水，洞在清溪何处边"出自唐代诗人张旭的《桃花溪》。张旭借陶渊明《桃花源记》的意境创作此诗，通过描写桃花溪幽深的美景和作者对渔人的问询，表达出一种向往世外桃源、追求美好生活的生活理念。全诗构思精巧，意蕴丰富，创造了一个富有诗情画意、充满情趣的世外桃源。

桃花溪①
张　旭

隐隐飞桥②隔野烟，石矶③西畔问渔船。
桃花尽日④随流水，洞⑤在清溪何处边？

【注释】

①桃花溪：水名，在湖南桃源山下。

②飞桥：架在高处的桥。

③矶：水边突出的岩石。

④尽日：整天，整日。

⑤洞：指《桃花源记》中武陵渔人找到的洞口。

【译文】

山野间的云烟隔断了一座架起的高桥，我在石矶的西侧，询问路过的渔夫。桃花随着水流漂浮而来，可是这桃源仙洞的入口到底在清溪的哪一边呢？

【赏析】

陶渊明笔下的桃源仙境，是文人墨客追寻的天堂。在这首诗中，作者通过描写桃花溪的幽美景色，抒发自己向往桃源仙境、追求雅致生活的心情。

首句"隐隐飞桥隔野烟"，作者寥寥几笔勾勒出远景：在云雾缭绕的深山野谷中，一座横跨山溪的长桥在云雾之中时隐时现，若有若无，好似一座天桥横架在虚空上。这样的景色，是多么的幽静神秘。在这云

雾朦胧的桥的另一边，是否就是人间仙境？

此句中浮动的烟雾和静止的长桥动静相谐，相映成趣：轻烟让长桥由静变动，好似凌空飞架；长桥让轻烟化动为静，一道轻纱帷幔挂在桥上。隔着这层轻纱帷幔的长桥，更显其朦胧美。诗中的"隔"字，让轻烟长桥交相映衬，融为一体，同时还暗示作者是在远远观望这座长桥。因为若是站在桥边，"隔"的感觉便会淡许多。

次句"石矶西畔问渔船"，作者挥动画笔开始描绘近景。作者站在清溪边，水中岩石嶙峋，形状奇异；桃花片片飘落清溪上，一只渔船轻轻摇动，缓缓而至。"石矶西畔问渔船"中的"问"字别有意趣，使读者在这幅清幽的山水画中，既见山清水秀，又见逸事人情。作者久立在石矶旁，看远处长桥在云雾中时隐时现，眼前清溪中桃花点点飘零，正陶醉在这幽深的秘境时，却见一渔船披着夕阳余晖缓缓而至。恍惚间，作者还以为眼前的渔人就是当年那误入桃花源的武陵渔人，于是一个"问"字，脱口而出。"问渔船"三字，将作者对桃花源的向往之心表现得淋漓尽致。

"桃花尽日随流水，洞在清溪何处边？"是作者询问渔夫的话。只见那片片桃花随波而来，世外桃源的入口到底在清溪的哪一边？作者对世外桃源的向往，也在这问话中委婉含蓄地表达出来。寻仙无径，作者心中只剩怅惘和失落。

此诗虽篇幅短小，却情韵悠长，意境深邃。其语言精练，构思更是巧妙。作者在前两句先对周围的景物进行写实，从远景写到近景，然后用问询的方式运实入虚，构思布局相当新颖巧妙。作者用轻快洒脱的笔法，将景物错落有致地铺在画中。作者不要求华美奇丽，只留雅致幽深，从而创造了一个充满情趣的幽深境界。

【飞花解语】

"桃花尽日随流水，洞在清溪何处边"可对"花"字令。

冰簟银床梦不成，碧天如水夜云轻

　　"冰簟银床梦不成，碧天如水夜云轻"出自唐代诗人温庭筠的《瑶瑟怨》。这是一首闺怨诗，在唐朝时期就已经广为传诵。此诗描绘的是女主人公因寂寞难眠而鼓瑟听瑟的感受，表达了女子的怨情。全诗意象生动，含蓄动人，诗意浓郁，语浅情深，耐人寻味。

瑶瑟①怨
温庭筠

冰簟②银床③梦不成，碧天④如水夜云轻。
雁声远过潇湘⑤去，十二楼⑥中月自明。

【注释】

　　①瑶瑟：玉镶的华美的瑟。
　　②冰簟（diàn）：清凉的竹席。
　　③银床：指洒满月光的床。
　　④碧天：青天，蓝色的天空。
　　⑤潇湘：指潇湘二水名，在今湖南境内。
　　⑥十二楼：原指神仙的居所，此指女子的住所。

【译文】

　　月光为铺着竹席的小床洒上一层银辉，她却在冰凉的竹席上辗转反侧难以入睡；夜空澄净如水，一片浮云宛如轻烟一般缓缓飘过夜空。大雁的叫声渐渐远去，飘过了潇湘水，十二楼中的明月独自洒下一片清辉。

【赏析】

这虽是一首闺怨诗，但全诗没有透出一个"怨"字，只是描绘了一个在清秋深夜孤枕难眠的女子深深的幽怨。

相传，"泰帝使素女鼓五十弦瑟，悲，帝禁不止，故破其瑟为二十五弦"（班固《汉书·郊祀志》）。因此在古代诗歌中，瑟的意象常常和别离的悲苦联系起来。本诗题为《瑶瑟怨》，暗示了本诗的主题是女子对别离的悲怨。

开篇"冰簟银床梦不成"，作者描绘了一位幽怨的女子。"冰簟银床"指的是冰凉的竹席和洒满月光的床榻。"梦不成"三个字意蕴丰富，女主人公只能寄希望于虚无缥缈的梦境中与心上人相见，而如今在梦中相见的愿望也不能实现，表现出了离别的久远和思念的真挚。

第二句"碧天如水夜云轻"，作者转而描写夜景。在这漫长的秋夜里，长空如洗，月华如水，几缕浮云，翩然远去，更显夜空之澄净浩远，一幅清寂淡远的碧空月夜图徐徐在读者面前展开。这样清幽寂寥的情景本就容易勾起人们的相思意，而女主人公在这"梦不成"的秋夜里，也有"碧海青天夜夜心"那般的感触。

第三句"雁声远过潇湘去"，作者从听觉写景，这是对上文"碧天"的承接。在朦胧的月夜，人们难以寻觅高飞大雁的身影，只能听到大雁的鸣叫。"雁声远过"，写出了大雁是由远至近，携月华而来，再由近至远，消失在浩渺的天宇。女主人公凝神静听，情思似乎也和这大雁一同飞向那遥念的良人身上。

结尾"十二楼中月自明"，作者似乎抛开女主人公，只勾勒了沉浸在明月中的"十二楼"。实际上，作者用"十二楼"这样的意象来点明女主人公贵家女的身份。"月自明"中的"自"字用得很有情味。孤独的人对着明月忧思遥念，可月本无情，哪能通晓人意？月亮依旧挥洒着自己的银光，自照高楼。此时万籁俱寂，流光徘徊，女主人公心中的孤寂和思念，就如一缕青烟，融合在这月亮的清辉之中。

"冰簟银床梦不成，碧天如水夜云轻"可对"天""夜""云"字令。

"雁声远过潇湘去，十二楼中月自明"可对"月"字令。

天地人情

　　"来往不逢人，长歌楚天碧。"对被贬谪的才子来说，虽然壮志难酬让人心有不甘，但若是能居住在竹林旁，与清风做伴，也很不错。尤其是在自己抬头仰望、欣赏那片无垠的天空时，心中的愤懑总能减退不少。大概这就是古人如此喜爱行"天"字令的原因，他们可以将自己的雄心和愁绪都寄托在有关"天"字的诗句中。

来往不逢人，长歌楚天碧

　　"来往不逢人，长歌楚天碧"出自唐代诗人柳宗元的《溪居》。这首诗是其被贬永州后所作。此诗描写了他被贬谪到南荒之地永州后，居住在清溪旁过着安逸闲适的生活。表面看，诗作表现了作者自我排遣、自得其乐之情，实际上诗中蕴藏着其被贬谪的愤懑和壮志难酬的苦闷。全诗语言清丽，情感深邃，韵味悠长。

溪　居①
柳宗元

久为簪组②累③，幸此南夷④谪。
闲依农圃⑤邻，偶似山林客⑥。

晓耕翻露草，夜榜⑦响溪石。

来往不逢人⑧，长歌楚天⑨碧。

【注释】

①溪居：指居住在冉溪时的生活。作者被贬谪永州司马后，曾于此筑室而居，后改冉溪为"愚溪"，在今湖南省永州市东南。

②簪（zān）组：古代官吏的饰物。簪，冠上的装饰。组，系印的绶带。此以簪组指做官。

③累：一作"束"。束缚，牵累。

④南夷：南方少数民族居住的地区，这里指永州一带。

⑤农圃（pǔ）：田园，此借指老农。

⑥山林客：指隐士。

⑦榜（bàng）：船桨。这里用作动词，划船。

⑧人：此指故人、知交。

⑨楚天：这里指永州的天空。春秋战国时期，永州属楚国。

【译文】

我长久为官，被官场之事束缚，庆幸在被贬谪到永州之后得到解脱。我生活闲适，与农家为邻，兴致来了也会到山林中当一回隐士。清晨时分，我踏着朝露去田间除草；有时我乘着小船，四处游山玩水直到傍晚才归来。往来之间都看不到故人，也不被世事牵绊，可以仰望着碧空自由自在地高声歌唱。

【赏析】

此诗是柳宗元被贬永州之时，在愚溪边独自闲居时所作。从表面上看，此诗是写永州生活的闲适安逸，实际上隐藏了作者被贬的愤懑和壮志难酬的苦闷。

首联"久为簪组累，幸此南夷谪"，作者庆幸自己被贬谪到有"南荒"之称的永州，过上了安逸闲适的幽居生活。这其实是正话反说，隐晦地表达出他对朝中当权派的不满。

接下来的四句"闲依农圃邻，偶似山林客。晓耕翻露草，夜榜响溪石"，是对在永州生活的具体描述，强调了作者在永州生活时的"怡然自得"。和老农为邻，观赏农家园圃，有时又去山间隐居。早上踏着朝露去田间除草，有时乘舟四处游玩直到傍晚才返回。

柳宗元年少时便颇有才名，胸中也有凌云壮志，可是他仕途坎坷，屡屡遭贬，这次更是被贬谪到古时有"南荒"之称的永州，远离长安。他满腔壮志得不到施展，只好强装旷达，故作闲适，称自己对被贬感到庆幸，字里行间中却流露出对闲居生活的无所适从。

尾联"来往不逢人，长歌楚天碧"，写永州之地荒僻偏远，往来之间见不到一位故人，于是作者放声高歌，歌声响彻辽阔的楚天碧空，清越嘹亮。这看似作者自得其乐，其实是作者写自己独自一人，形单影只，苦闷无奈。这被美化的闲居生活的背后，是作者内心深处壮志难酬的愤懑。

【飞花解语】

"闲依农圃邻，偶似山林客"可对"山"字令和"林"字令。

"晓耕翻露草，夜榜响溪石"可对"夜"字令。

念天地之悠悠，独怆然而涕下

"念天地之悠悠，独怆然而涕下"出自唐代诗人陈子昂的《登幽州台歌》。作者登高远眺，攀今吊古，引发无限慨叹，抒发了内心郁积已久的悲愤之情。这首诗揭示了封建时代的知识分子遭受压抑、才华难以施展的悲惨境遇。全诗语言苍劲悲凉，结构紧凑，读来酣畅淋漓。

登幽州台①歌

陈子昂

前②不见古人③，后④不见来者⑤。
念⑥天地之悠悠⑦，独怆然⑧而涕下。

【注释】

①幽州台：即黄金台，又称蓟北楼，故址在今北京西南，是燕昭王为招纳天下贤士而建的。

②前：过去。

③古人：古代那些能够礼贤下士的圣君。

④后：未来。

⑤来者：后世那些重视人才的贤明君主。

⑥念：想到。

⑦悠悠：形容时间的久远和空间的广大。

⑧怆（chuàng）然：悲伤凄恻的样子。

【译文】

遥念往昔，见不到古时招贤纳士的贤君；遥想后世，见不到将来求贤若渴的英主。想到这天地间是如此悠远渺茫，我独自流下了悲伤的泪水。

【赏析】

武则天万岁通天元年（696年），武攸宜奉命讨伐契丹，陈子昂担任随军参谋。他屡屡献计，却得不到采纳，反而被降职为军曹，此诗便是作者被降职之后的失意之作。这首短诗，表现了作者怀才不遇、壮志难酬的抑郁愤懑之情。全诗语言苍劲奔放，有极强的感染力，读来酣畅淋漓，余音不绝。

"前不见古人，后不见来者"中的"古人"是指古代那些求贤若渴、唯才是用的贤明君主。在作者的另一首诗《蓟丘览古赠卢居士藏用七首》中，作者追思了战国时期燕昭王礼遇乐毅、郭隗，燕太子丹礼遇田光等历史典故。作者明白自己见不到像燕昭王、太子丹那样的贤主，而自己内心渴望的明主也未曾出现，不由得心生怅惘，慨叹自己生不逢时。

"念天地之悠悠，独怆然而涕下。"写作者登台远眺，见天地苍茫浩渺、久远阔大，而人的一生却如此短暂，自己心中的雄心壮志得不到施展，这怎么能不让人伤心落泪！作者看着眼前壮丽的风景，慨叹"山河依旧，人物不同"。茫茫宇宙，只留作者独立此处，这是何等寂寞和苦闷啊！

此诗意境雄浑，视野开阔，语言奔放，富有感染力，虽然只有短短四句，却展现出一幅境界苍莽、浩瀚广远的艺术画面，成为千古传诵的名篇。

清代诗评家宋长白在《柳亭诗话》中这样评价此诗："阮步兵登广武城，叹曰：'时无英雄，遂使竖子成名。'眼界胸襟，令人捉摸不定。陈拾遗会得此意，《登幽州台歌》曰：'前不见古人，后不见来者。念天地之悠悠，独怆然而涕下。'假令陈、阮邂逅路歧，不知是哭是笑。"

【飞花解语】

本诗除"念天地之悠悠"外，无可对飞花令的诗句。

太乙近天都，连山到海隅

"太乙近天都，连山到海隅"出自王维的《终南山》。这是一首五言律诗。作者将山中缥缈多姿的云雾、千岩万壑的山体，以及自己游山忘返、投宿山中人家的情景一一描绘出来，声色俱全，意境清雅，全诗宛若一幅轻描淡写的山水画卷。

终南山①

王　维

太乙近天都②，连山到海隅③。

白云回望合，青霭④入看无。

分野⑤中峰变，阴晴众壑⑥殊。

欲投人处⑦宿，隔水问樵夫。

【注释】

①终南山：秦岭主峰之一，是狭义的"秦岭"。一名中南山，又称太乙山。位于陕西渭河平原之南，在西安市西南约30千米处。是秦岭西自武功县境，东到蓝田县境的总称。

②天都：传说中天帝的居所。一说指帝都长安。

③海隅（yú）：海边。终南山并不到海，此为夸张之词。

④青霭（ǎi）：山中的云气。霭，云气。

⑤分野：古人以天上的二十八个星宿的位置来区分中国境内的地域，被称为分野。地上的每一个区域都对应星空的某一处分野。

⑥壑（hè）：山谷。

⑦人处：有人烟处。

【译文】

巍峨的终南山靠近天庭，连绵不断的山峰一直延伸到海边。回头观望，刚刚分开的白云又成为茫茫的一片；走近细看，弥漫的青雾却又没了踪迹。中间的山峰将南北分隔，成为不同的分野；同一时间，群山众壑之间的阴晴各有不同。我想寻觅一处有人烟的地方投宿，于是隔着河水询问山林中的樵夫。

【赏析】

王维是唐代著名的诗人，同时还是一位著名的画家。他的作品"诗中有画，画中有诗"，常常意寓于象，这首《终南山》就是王维以诗作画，为读者展开了一幅终南山美景图。

首联"太乙近天都，连山到海隅"，作者运用夸张手法，极写终南山的宏伟广远。"太乙"是终南山的别称。终南山虽然高远，但是离苍穹还很遥远；说它"到海隅"，实际上和事实相违背。然而作者从平地遥望终南山，只见其广远无边，似乎与天相接，与海相连，故而运用夸张的笔法，突出了终南山山体极高，占地广远。

颔联"白云回望合，青霭入看无"，写终南山中的云烟飘忽不定，极富意蕴。此时终南山中的苍松古柏、奇花异草都被这茫茫白云、迷蒙青霭笼罩，一切都变得朦胧，使人看不真切。作者由此更加神往，要进一步"入看"。作者在山间移步观赏，稍一走远，刚刚欣赏过的景色就被云雾笼罩，最后隐没其中。这似一笼轻纱的山中美景，让人回味无穷。

颈联"分野中峰变，阴晴众壑殊"，作者立足于中峰之上，向四周观望，发觉终南山从南到北是如此的广阔，那群山万壑因山势不同而显得阴晴不一。"阴晴众壑殊"，是作者远望后的直观感受，并不是指"东边日出西边雨"的气候变化无常，而是以阳光的明暗不一、时有时无来表现千岩万壑的奇丽壮观。

尾联"欲投人处宿，隔水问樵夫"，作者流连忘返，只得借宿山中，明日再游。山景之奇丽壮观，作者喜静避喧的性格，不言自明。

【飞花解语】

"太乙近天都，连山到海隅"可对"山"字令。

"白云回望合，青霭入看无"可对"云"字令。

"欲投人处宿，隔水问樵夫"可对"水"字令。

天涯占梦数，疑误有新知

"天涯占梦数，疑误有新知"出自李商隐的《凉思》。这是一首五言律诗。此诗描述了作者在凉秋时节忆起和友人分离的情景，寄托了对友人的深深思念，也暗示了作者胸中抱负不得施展的苦闷。全诗直抒胸臆，意境温婉，清新雅致，情意悠长。

凉 思①
李商隐

客去波平槛②，蝉休③露满枝。

永怀④当此节，倚立自移时⑤。

北斗⑥兼春⑦远，南陵⑧寓使迟。

天涯占梦⑨数，疑误有新知⑩。

【注释】

①凉思：凄凉的思绪。唐代李贺《昌谷诗》："鸿珑数铃响，羁臣发凉思。"

②槛（jiàn）：栏杆。

③蝉休：蝉声停止，指夜深。

④永怀：长久思念。

⑤移时：历时、经时。即时间流过，经历一段时间。

⑥北斗：北斗星，因为它屹立天极，众星围绕转动，古人常用来比喻君主，这里指皇帝驻居的京城长安。

⑦兼春：兼年，即两年。

⑧南陵：今安徽南陵，唐时属宣州。此指作者怀客之地。

⑨占梦：占卜梦境，卜度梦的吉凶。

⑩新知：新结交的知已。语出《楚辞·九歌·少司命》："悲莫悲兮生别离，乐莫乐兮新相知。"

【译文】

客人离开的时候，春天的潮汐漫平了栏杆；如今蝉停止了鸣叫，秋天的露水挂满了枝头。我在这时节里思念着你，独自倚靠着栏杆，竟然没有察觉时光的流逝。一转眼，我已经离开长安城两年了，身在南陵总觉得信使归来得太迟。身处天涯的我屡屡占卜梦境，疑心你已经结交了新的朋友而将我遗忘。

【赏析】

李商隐一生郁郁不得志，只担任过两任小官，剩下的岁月都在异乡为客，过着寄人篱下的生活。作者在漂泊他乡的途中写下此诗，缅怀长安却无法回归，寻找新的出路又没有结果，不免悲伤抑郁，愁思绵绵。

首联"客去波平槛，蝉休露满枝"，写出作者此时所处的环境。客人离去，池水悄然间涨平栏杆，蝉鸣暂歇，露水挂满了枝头，好一幅秋夜水亭良景图！但是，此句的妙处不仅仅是对景物的真切刻画，还传达出作者内心感受的微妙变化。如作者因"客去"而孤身独坐，才能无意间发觉"波平槛"；心思清静之时方能发觉蝉鸣暂歇、清露满枝。客人已经离去，白天的喧哗也渐渐归于平静，事物由闹至静，作者心绪却不能随之安定，眼前这凄清寂寥的秋景更是引发了作者心中的阵阵愁思。

颔联"永怀当此节，倚立自移时"，作者的笔触由"凉"转入"思"。作者久久站立在秋池边，看着已经涨平的池水，凝神遥想，思绪纷飞。虽然此时读者还不知道作者所想为何，但作者静立秋夜的孤独身影，已经让读者感到那愁思绵绵的悲凉情意。

颈联"北斗兼春远，南陵寓使迟"，作者直抒胸臆，写出自己思念的是什么。自己已经离开长安两年，身在南陵，传信的使者回来得总是太迟。在这种境遇下，作者难免产生被遗忘天涯的悲凉心境。

尾联"天涯占梦数，疑误有新知"，作者抒发心中的凉思：远在他乡的好友，你是否已经结交了新的朋友而将我抛之脑后？此诗抒情直抒胸臆，语言清新疏朗，细细吟来，读者也能感受到作者愁思绵绵的悲凉心境。

【飞花解语】

"北斗兼春远，南陵寓使迟"可对"春"字令。

永夜角声悲自语，中天月色好谁看

"永夜角声悲自语，中天月色好谁看"出自杜甫的《宿府》。诗中抒发了作者对时事的感伤，表达了作者对国家兴衰的忧虑。全诗语言精练，对仗工整，意蕴深长。"永夜角声悲自语，中天月色好谁看"一句也成为飞花令中"天"字令的高频诗句。

·

宿　府①
杜　甫

清秋幕府井梧②寒，独宿江城蜡炬③残。
永夜④角声悲自语，中天⑤月色好谁看？
风尘荏苒⑥音书绝，关塞⑦萧条行路难。
已忍伶俜⑧十年事，强移栖息一枝安⑨。

【注释】

①府：幕府。古代将军的府署。杜甫当时在严武幕府中。

②井梧：井边的梧桐树。

③炬：一作"烛"。

④永夜：长夜，整夜。

⑤中天：半空之中。

⑥风尘荏苒：指战乱不息。荏苒，时光不断流逝。

⑦关塞：边关，边塞。

⑧伶俜（pīng）：流离孤苦之貌。

⑨"强移"句：用《庄子·逍遥游》"鹪鹩巢于深林，不过一枝"意，喻自己之入严幕，原是为一家生活而勉强以求暂时的安居。强移，勉强移就。

【译文】

幕府井边的梧桐为清秋的深夜增添一丝寒凉；我夜宿城中的幕府中，蜡烛将要渐渐燃尽。长夜里又传来悲凉的号角声，仿佛是在自诉凄凉；有谁来观看月上中天的优美景色？烽烟四起，连续多年的战乱让音信断绝；关山阻隔，乡土难回，生活如此坎坷艰难。屈指一数，我已经颠沛流离了十年光景。现在在幕府任职的我，也像那鹪鹩一般，暂时安歇在"一枝"之间罢了。

【赏析】

此诗作于唐代宗广德二年（764年），成都尹兼剑南节度使严武保荐杜甫为节度使幕府的参谋。所谓"宿府"，就是在幕府里留宿。作者的居所离幕府甚远，不能回家住宿，而同僚都回家了，所以他常常"独宿"。

首联"清秋幕府井梧寒，独宿江城蜡炬残"运用了倒装的手法，"独宿"二字是全诗的诗眼，作者独居府中，见蜡烛逐渐消残，长夜漫漫不得入睡的苦闷溢于言表。而第一句"清秋幕府井梧寒"，通过环境的"清""寒"来烘托心境的悲凉。

颔联"永夜角声悲自语，中天月色好谁看"，是写作者独宿府中的

见闻。此时幕府外的梧桐树叶纷纷飘零，府中的蜡烛也即将成灰泪干。作者耳边又传来了阵阵号角声，好似在自诉悲伤，也无人和作者共赏天空中的美景。作者将这些见闻轻轻勾勒，绘成一幅清秋夜月良景图，而作者的无人共语、冷寂凄清之情也悄然弥漫在这漫漫长夜中。

颈联"风尘荏苒音书绝，关塞萧条行路难"，作者叹息国家连年战乱，自己已经和家乡音信断绝，归路遥远艰难。

尾联"已忍伶俜十年事，强移栖息一枝安"中的"强移"二字表明作者并非心甘情愿地担任府中幕僚，"安"字是说作者并不在此安居，只是像庄子《逍遥游》中的鹪鹩一样，暂寻一个居处罢了。这是诗人的自嘲与无奈心境的表露。

仇兆鳌在《杜少陵集详注》中对此诗有过这样的解释："此秋夜'宿府'而有感也。上四叙景，下四言情。首句点'府'，次句点'宿'。角声惨栗，悲哉自语；月色分明，好与谁看：此'独宿'凄凉之况也。乡书阔绝，归路艰难；流落多年，借栖幕府：此'独宿'伤感之意也。玩'强移'二字，盖不得已而暂依幕下耳。"诗的前四句写景，后四句抒情，情景交融，构成完美意境，令人回味无穷。

【飞花解语】

"清秋幕府井梧寒，独宿江城蜡炬残"可对"江"字令。

"永夜角声悲自语，中天月色好谁看"可对"夜""月"字令。

"风尘荏苒音书绝，关塞萧条行路难"可对"风"字令。

地

在行"地"字令时，人们似乎也能沾染上一些"英雄气"。这是因为有关"地"字的句子总有一种磅礴的气势，如刘禹锡的"天地英雄气，千秋尚凛然"，杜甫的"锦江春色来天地，玉垒浮云变古今"等。

天地英雄气，千秋尚凛然

"天地英雄气，千秋尚凛然"出自刘禹锡的《蜀先主庙》。此句大气磅礴，境界极为高远，句中"天地"二字囊括宇宙，"千秋"二字包揽古今，"英雄气"三字是对曹操煮酒论英雄典故的化用。此句豪气冲天，而其中深意，又皆在言外。

蜀先主①庙
刘禹锡

天地英雄②气，千秋尚凛然。
势分三足鼎③，业复五铢钱④。
得相⑤能开国，生儿不像贤⑥。
凄凉蜀故妓，来舞魏宫前⑦。

162

【注释】

　　①蜀先主：即汉昭烈帝刘备。诗题下原有注："汉末谣，黄牛白腹，五铢当复。"

　　②天地英雄：一作"天下英雄"。《三国志·蜀志·先主传》："今天下英雄，惟使君与操耳。"

　　③"势分"句：指刘备创立蜀汉，与魏、吴三分天下。

　　④五铢钱：汉武帝元狩五年（前118年）铸行的一种钱币。此代指刘汉帝业。

　　⑤相：指诸葛亮。

　　⑥不像贤：此言刘备之子刘禅不肖，不能守业。

　　⑦"凄凉"两句：刘禅降魏后，东迁洛阳，被封为安乐县公。魏权臣司马昭在宴会上令蜀国女乐表演歌舞，旁人皆为之感怆，而禅喜笑自若。妓，女乐，实际也是俘虏。

【译文】

　　天地之间充塞着蜀国先主刘备的英雄气概，千百年来依旧浩荡凛然。当年天下三分，鼎足而立，他一心想要光复汉室，一统江山。他虽能够求得贤相辅佐自己开国立业，生的儿子却不像自己一样贤德英明。最为凄凉的莫过于蜀国旧日的歌伎，即使家败国亡也要在魏国王宫前歌舞弹唱。

【赏析】

　　本诗是一首咏怀古迹之作。作者担任夔州（今重庆奉节东）刺史时在白帝城游览先主庙后，赞扬了蜀国先主的开国功业，慨叹了蜀国后继无人的悲哀，表达了作者对英雄豪杰的景仰，对碌碌无为者的鄙夷。

　　首联"天地英雄气，千秋尚凛然"，作者起笔于天地，吞云吐日，俯仰古今，极写刘备的英雄气概，大气磅礴，境界浑厚。其中"天地"二字囊括宇宙，好似普天之下、六合八荒都充塞着刘备的"英雄气"；

"千秋"二字又纵览古今，赞叹这"英雄气"永远不散，悠悠长存。同时，此句中"天地""英雄"四字，又是对曹操煮酒论英雄这一典故的化用，用典浑然一体，悄然无迹。

颔联"势分三足鼎，业复五铢钱"，作者紧紧承接上联，书写刘备的开国功绩和毕生追求，是对其"英雄气"因何而来的具体阐述。刘备于乱世之中逐鹿群雄，辗转征战，建立蜀国基业，与魏国、吴国三分天下，最终成为一方霸主。他建国后想要问鼎中原，光复汉室，一统天下。"五铢钱"是汉武帝发行的古币，作者在此将其与"三足鼎"相对，巧妙工整。

前两联是对刘备功业的赞颂。诗的第三联"得相能开国，生儿不像贤"，作者笔锋一转，叹息刘备虽然获得了能开国的贤相，蜀后主刘禅却亲近小人，导致国破家亡。创业艰难，守成更是不易，作者借蜀国亡国这一深刻的历史教训，暗讽当时唐王朝皇帝昏庸无能，导致唐朝日益衰颓。

尾联"凄凉蜀故妓，来舞魏宫前"，是作者对蜀国亡国后的喟然嗟叹，叹息刘禅昏庸无能，亲近小人，导致如今蜀国故妓在国破家亡时依然在敌国宫殿吟唱弹奏。诗的前四句写国家之兴盛，后四句写国家之衰微，语言凝练，对仗工整，意境深远，用典得当，发人深省。

【飞花解语】

"天地英雄气，千秋尚凛然"亦可对"天"字令。

昔人已乘黄鹤去，此地空余黄鹤楼

"昔人已乘黄鹤去，此地空余黄鹤楼"出自唐代诗人崔颢的《黄鹤楼》。这是一首脍炙人口的名篇。相传诗仙李白登黄鹤楼时，有人请他题诗，他说："眼前有景道不得，崔颢题诗在上头。"本诗不故作

雕饰，也不率性夸张，融情于景。严羽《沧浪诗话》评："唐人七言律诗，当以崔颢《黄鹤楼》为第一。"

黄鹤楼①

崔　颢

昔人已乘黄鹤去，此地空余黄鹤楼。

黄鹤一去不复返，白云千载空悠悠②。

晴川③历历④汉阳树，芳草萋萋⑤鹦鹉洲⑥。

日暮乡关⑦何处是，烟波⑧江上使人愁。

【注释】

①黄鹤楼：三国时吴国黄武二年（223年）修建。为古代名楼，旧址在湖北武昌蛇山的黄鹤矶上，俯瞰大江，面对大江彼岸的龟山。

②悠悠：飘飘荡荡的样子。

③晴川：晴日里的原野。川，平川，原野。

④历历：分明的样子。

⑤萋萋：草木茂盛的样子。

⑥鹦鹉洲：长江中的小洲，在黄鹤楼东北。根据《后汉书》记载，汉代黄祖担任江夏太守时，在此大宴宾客，有人献上鹦鹉，祢衡当场作《鹦鹉赋》，故称鹦鹉洲。

⑦乡关：故乡。

⑧烟波：这里指暮霭沉沉的江面。

【译文】

昔日的仙人已经乘着黄鹤飘然远去，此地只留下一座空空的黄鹤楼。黄鹤离去之后再也没有返回，千百年间只留白云空自飘悠。汉阳的树木在阳光的照射下变得清晰，鹦鹉洲上芳草萋萋。黄昏时遥望故乡究竟在哪个方向，江面上暮霭沉沉让人觉得忧愁。

【赏析】

本诗是一首脍炙人口的名篇，历来被古今文人推崇。

诗的前两联"昔人已乘黄鹤去，此地空余黄鹤楼。黄鹤一去不复返，白云千载空悠悠"直接切入主题，自然地写出黄鹤楼的古往今来。"昔人"固然包括传说中在黄鹤楼驾鹤离去的子安、费祎等人，但又何尝不包括那滔滔奔涌的长江淘尽的天下英雄呢？千百年悠悠而过，黄鹤楼依然矗立于此，而贤人们却长眠于历史长河中。

在黄鹤楼由"昔"到今的大时空转变中，作者慨叹时间无情，同时也表达了一丝对企图登仙者的讥讽。人生短暂而宇宙永恒，在悠悠岁月里，只有白云空自多情地飘荡在长天之上，似乎要向世人诉说往昔。作者将他肃穆的历史观融入诗中，让这质朴的写景诗句变得意蕴深长，引人无限遐思。

诗的后两联"晴川历历汉阳树，芳草萋萋鹦鹉洲。日暮乡关何处是，烟波江上使人愁"，作者即景泼墨，借景抒情。作者先写碧空之下黄鹤楼的景观，又借悠悠江水抒发自己的思乡之情。作者登楼远眺，只见江水在碧空之下悠悠流逝；天朗气清，汉阳的树木历历可见；丽日晴光，鹦鹉洲的芳草欣欣向荣。可是这悠悠江水，能否带我回到故乡？

诗的前文叙写飘然远去的黄鹤，给人缥缈难寻之感，后文又忽而变为历历在目的晴川草树，这一对比让全诗变得波澜起伏。作者登高远眺，或许有"当年碧血，今日青草，怀才不遇，古今同慨"的怅然。《删订唐诗解》对这首诗亦有极高的评价："不古不律，亦古亦律，千秋绝唱，何独李唐？"

【飞花解语】

"黄鹤一去不复返，白云千载空悠悠"可对"云"字令。
"日暮乡关何处是，烟波江上使人愁"可对"江"字令。

锦江春色来天地，玉垒浮云变古今

　　"锦江春色来天地，玉垒浮云变古今"出自杜甫的《登楼》，此句描绘了作者登楼之所见：锦江滔滔，带着无边春色席卷而来；玉垒山崇峻巍峨，云雾缭绕。这句诗在赞颂祖国大好河山的同时，也融入了作者对当时国家动荡不安局势的忧思，是飞花令中"地"字令的高频诗句。

登　楼

杜　甫

花近高楼伤客心①，万方多难此登临②。

锦江③春色来天地，玉垒④浮云变古今。

北极⑤朝廷终不改，西山⑥寇盗莫相侵。

可怜后主⑦还祠庙⑧，日暮聊为⑨《梁甫吟》⑩。

【注释】

　　①客心：客居者之心。客，诗人自谓。

　　②登临：登高观览。

　　③锦江：濯锦江，流经成都的岷江支流。成都出锦，锦在江中漂洗，色泽更加鲜明，因此命名濯锦江。

　　④玉垒：山名，在四川省灌县西、成都市西北。

　　⑤北极：星名，北极星，古人常用以指代朝廷。唐代宗广德元年（763年）十月，吐蕃军队东侵，泾州刺史高晖投降吐蕃，引导吐蕃人攻占唐都长安，唐代宗东逃陕州（今河南三门峡市陕州区）。十月下旬，郭子仪收复长安。十二月，唐代宗返回京城。十二月末，吐蕃军队又向四川进攻，占领松州（今四川松潘）、维州（今四川理县）、保州（今四川理县西北）等地。

⑥西山：指吐蕃。西山，指今四川省西部当时和吐蕃交界地区的雪山。

⑦后主：刘备的儿子刘禅，三国时蜀国之后主。曹魏灭蜀，他辞庙北上，成亡国之君。

⑧还祠庙：成都锦官门外有蜀先主（刘备）庙，西边为武侯（诸葛亮）祠，东边为后主祠。还，仍然。

⑨聊为：不甘心这样做而姑且这样做。

⑩《梁甫吟》：汉代乐府民歌。《三国志》中说诸葛亮躬耕陇亩，好为《梁甫吟》，借以抒发空怀济世之心，聊以吟诗以自遣。

【译文】

高楼周围百花绽放，却让羁旅异地的我伤心。在这四方多难的时候，我一个人登上高楼。锦江携带着无边的春色滔滔奔涌，席卷天地；玉垒山上浮云明灭变幻，好似古今变化不定的沧桑世事。朝廷屹立不倒，就像北斗星一样稳定；西山入侵的贼寇，你们不要再痴心妄想，覆灭我朝。可叹那蜀国后主刘禅都有祠堂，享受祭祀；面对这苍茫的暮色，我姑且吟唱起《梁甫吟》。

【赏析】

此诗作于唐代宗广德二年（764年）。其时，唐朝最大的内乱安史之乱已经平定，但因王朝内部腐败，又有外敌入侵，国家局势依然不稳定。杜甫在这样一个多事之秋登楼抒怀，写下此篇。

"花近高楼伤客心，万方多难此登临"，作者多年羁旅异乡，此时又是"万方多难"的忧患时刻，心中忧国忧民，满腹愁思，即使高楼旁鲜花盛开，也只是让人更添忧愁。作者以乐景写哀情，更反衬出内心的忧患。

颈联"锦江春色来天地，玉垒浮云变古今"，写作者登高之所见：锦江携满江春色滔滔而来，席卷天地；玉垒山上变幻的浮云，犹如古今

动荡变换的局势。此句大气磅礴，上半句囊括天地，给人辽阔的空间感；下半句饱览古今，给人悠长的时间感。作者将时空变幻、沧桑世事缩在咫尺之间，可见其功力。

诗的后两联借景抒情。颈联"北极朝廷终不改，西山寇盗莫相侵"，是作者对时势的议论，对朝廷必能安邦的信念，以及对异族肆意入侵的呵斥。这句诗体现了作者在"万方多难"时的爱国之情。

尾联"可怜后主还祠庙，日暮聊为《梁甫吟》"，作者借古讽今，叹息如今皇帝昏庸无能，慨叹自己报国无门，遣词委婉，意境深长。李因笃称赞此诗云："造诣大，命格高，真可度越诸家。"（刘濬《杜诗集评》）

【飞花解语】

"花近高楼伤客心，万方多难此登临"可对"花"字令。

"锦江春色来天地，玉垒浮云变古今"可对"江"字令、"春"字令、"天"字令和"云"字令。

"北极朝廷终不改，西山寇盗莫相侵"可对"山"字令。

共来百越文身地，犹自音书滞一乡

"共来百越文身地，犹自音书滞一乡"出自柳宗元的《登柳州城楼寄漳、汀、封、连四州刺史》。此句写出了作者与友人各自被贬至天涯，心中挂怀却无从传讯，更无从相见的惆怅。全诗语言平白质朴，情感真挚动人。

登柳州城楼寄漳、汀、封、连四州刺史①

柳宗元

城②上高楼接大荒③，海天愁思④正茫茫。

惊风⑤乱飐⑥芙蓉水，密雨斜侵薜荔⑦墙。

岭树重遮千里目，江流曲似九回肠⑧。

共来百越⑨文身地，犹自⑩音书滞一乡⑪。

【注释】

①柳州，今属广西。漳，漳州（今属福建）。汀，汀州（今福建长汀）。封，封州（今广东封开）。连，连州（今属广东）。唐顺宗永贞元年（805年），"永贞革新"失败后，革新派的主要成员柳宗元、刘禹锡等八人分别谪降为远州司马。十年后，唐宪宗元和十年（815年）年初，柳宗元等五人奉诏还京，被改派到更荒远的地方担任刺史。《旧唐书·宪宗纪》："乙酉，以虔州司马韩泰为漳州刺史，以永州司马柳宗元为柳州刺史，饶州司马韩晔为汀州刺史，朗州司马刘禹锡为播州刺史，台州司马陈谏为封州刺史。御史中丞裴度以禹锡母老，请移近处，乃改授连州刺史。"

②城：指柳州城。

③大荒：极为边远的地方。

④海天愁思：如海如天的愁思。

⑤惊风：急风，狂风。曹植《赠徐幹》："惊风飘白日，忽然归西山。"

⑥飐（zhǎn）：风吹使物颤动摇曳。

⑦薜荔：一种蔓生植物，也称木莲。

⑧九回肠：愁肠九转，形容愁绪缠结难解。

⑨百越：百粤，泛指五岭以南的少数民族。

⑩犹自：仍然，还是。

⑪滞一乡：滞留于一个狭小地域不能相通。

【译文】

我站在柳州的城楼上眺望着广漠的荒野，心中的愁思就像茫茫天海一样无穷无尽。狂风阵阵，吹皱了荷花池中的清水；急雨点点，狂暴地拍打着长满薜荔的高墙。重重交叠的岭树遮住了我远眺的视线，弯弯曲曲的柳江好似我心中百转的愁肠。我们一同被贬谪到百越之地，现在却音信隔绝，天各一方。

【赏析】

此诗是一首抒情诗，作者登高四顾，即景抒情，其心中愁思亦如天海之茫茫。全诗语短情深，读来韵味无穷。

诗的首联"城上高楼接大荒，海天愁思正茫茫"，写作者一到贬谪之地，便登高远眺，目之所及，只见一片苍茫的荒野，似乎与天相接。而作者在满目荒凉的贬谪之地，萦绕在心中的悲愁，更像高天瀚海一般，渺渺茫茫。此句起笔极为荒凉广阔，为读者展开了一个辽阔无比的空间，作者喟然长叹的身影愈发显得凄清孤寂。

诗的颔联"惊风乱飐芙蓉水，密雨斜侵薜荔墙"是作者对近景的描写。单就其描写眼前的景色来讲，这是"赋"的笔法，但是"赋"中有"比"。作者在此以"芙蓉""薜荔"比喻贤人，以"惊风""密雨"比喻谄媚的小人，抒发自己因被小人陷害而贬谪南荒的愤懑之情。

颈联"岭树重遮千里目，江流曲似九回肠"，伫立城头的作者心中牵挂着一齐被贬谪的友人，举目四望，层层树木遮蔽了他的视野，又见那弯曲的河流好似自己心中百转的愁肠。

尾联"共来百越文身地，犹自音书滞一乡"，写出了作者和友人虽然都被贬谪到百越之地，但依然有山川阻隔，音书难传。作者道出山川相阻不得音信的怅惘，其中深切沉痛的思念之情显得愈发动人。

"城上高楼接大荒，海天愁思正茫茫"可对"天"字令。

"惊风乱飐芙蓉水，密雨斜侵薜荔墙"可对"风"字令、"水"字令和"雨"字令。

"岭树重遮千里目，江流曲似九回肠"可对"江"字令。

地下若逢陈后主，岂宜重问后庭花

"地下若逢陈后主，岂宜重问后庭花？"一句出自李商隐的《隋宫》。这是一首七言律诗，为咏史诗。传说，杨广在乘坐龙舟游览江都时，与已故的陈后主在梦中相见，并请陈后主宠妃张丽华舞了一曲《玉树后庭花》。在此，作者用了反问的语句，批判了隋炀帝杨广因穷奢极欲、荒淫无度导致国破家亡的历史事实，引人深思，发人深省。

隋　宫^①

李商隐

紫泉^②宫殿锁烟霞，欲取^③芜城作帝家。
玉玺不缘归日角^④，锦帆^⑤应是到天涯。
于今腐草无萤火^⑥，终古垂杨^⑦有暮鸦。
地下若逢陈后主^⑧，岂宜重问后庭花^⑨？

【注释】

①隋宫：指隋炀帝杨广在江都（今江苏扬州）所建的行宫。

②紫泉：紫渊，长安河名，因唐高祖名李渊，为避讳而改。此处代指隋朝京都长安。

③"欲取"句：《隋书·炀帝纪》："（大业元年三月）辛亥，发河南诸郡男女百余万，开通济渠……八月壬寅，上御龙舟，幸江都。"芜城，即江都。帝家，即帝都。

④日角：额骨隆起像太阳一样，古人以为此乃帝王之相。此处指唐高祖李渊。李渊起兵反隋前，唐俭说他有"日角龙庭"的帝王之相。

⑤锦帆：隋炀帝所乘的龙舟，其帆用华丽的宫锦制成。

⑥腐草无萤火：《礼记·月令》："腐草为萤。"古人以为萤火虫是腐草变化出来的。大业末，隋炀帝曾在夜游时放出萤火虫数斛以取乐。

⑦垂杨：隋炀帝凿通运河后，在河岸筑御道，并广植杨柳，名曰隋堤，堤长一千三百里。

⑧陈后主：南朝陈末代皇帝陈叔宝，亡国之君。

⑨后庭花：《玉树后庭花》，陈后主所创，歌词绮艳，被后人斥为亡国之音。

【译文】

隋炀帝将长安城宫殿关闭，让它深锁于烟霞中，他乘龙舟出行，想将扬州作为帝王之家。如果玉玺没有到唐高祖的手中，此时隋炀帝的龙舟应该已经到了天涯海角。如今腐败的草丛中已经看不到萤火虫的身影，而隋堤两岸的杨柳上每天傍晚都栖息着聒噪的乌鸦。如果隋炀帝和陈后主在地下再度相逢，是否还能一同欣赏那奢侈华丽的曲子《玉树后庭花》？

【赏析】

本诗为一首咏史诗，深刻地揭露并批判了隋炀帝杨广因穷奢极欲、荒淫无度导致国破家亡的历史事实，语浅意深，立意高远。

首联"紫泉宫殿锁烟霞，欲取芜城作帝家"，写隋炀帝放弃雄伟壮丽的长安城宫殿，欲以扬州为都。作者以"紫泉"借指长安。一个"锁"字，写明长安宫殿云蒸霞蔚，雄伟壮丽，但即使这样，隋炀帝依然要取"芜城"为帝王之家，以此批判隋炀帝的贪图享乐。

颔联"玉玺不缘归日角，锦帆应是到天涯"，写如果唐高祖没有建立唐王朝，那隋炀帝的龙舟早就游玩到天涯海角了。作者用假想的语气，讽刺了隋炀帝喜好乘舟出游的史实，此联读来如行云流水，朗朗上口。

"于今腐草无萤火，终古垂杨有暮鸦"，是对隋炀帝穷奢极欲的进一步描写。相传隋炀帝出游时在洛阳的景华宫大肆捕捉萤火虫，以观赏取乐，在千里运河两侧种满柳树，映衬龙舟。此句以昔日"无萤火"与今朝"有暮鸦"做对比，描写了隋炀帝的荒淫亡国，也渲染出国破家亡的悲凉景象。

尾联"地下若逢陈后主，岂宜重问后庭花"，作者借用典故，讽刺隋炀帝因荒淫无度，最终国破家亡。传说隋炀帝在乘舟游玩时，一日于梦中和已故的陈后主及其宠妃张丽华相遇，并饮酒作乐，共赏《玉树后庭花》这样的亡国之音。作者在此用反问的语气说："你如果在地下和陈后主相遇，还能和他共赏《玉树后庭花》吗？"作者只问不答，其意自明。

全诗语言凝练，用典自然，既有对隋炀帝荒淫亡国的深刻批判，又蕴含着作者对统治者不可贪图享乐、肆意妄为的警喻，意境深远，引人深思。

【飞花解语】

"玉玺不缘归日角，锦帆应是到天涯"可对"天"字令。

"地下若逢陈后主，岂宜重问后庭花"可对"花"字令。

人

在唐诗中，那些有关"人"字的诗句，有不少用来表达对亲友的思念，如孟浩然的"欲寻芳草去，惜与故人违"，王维的"遥知兄弟登高处，遍插茱萸少一人"等。如此看来，正在行"人"字令的你是幸运的，因为你的面前站着满脸笑意的朋友。

归棹洛阳人，残钟广陵树

"归棹洛阳人，残钟广陵树"出自唐代诗人韦应物的《初发扬子寄元大校书》。此句写出作者行舟渐远，钟声渐渐悄不可闻，树影也愈发模糊的切身体会。作者融情于景，借景抒情，感情真挚，晓畅通达，语短情长。

初发扬子①寄元大②校书③
韦应物

凄凄去亲爱④，泛泛⑤入烟雾。
归棹⑥洛阳人，残钟广陵⑦树。
今朝为此别⑧，何处还相遇。
世事波上舟，沿洄⑨安得住。

【注释】

①扬子：指扬子津，地近瓜洲的古渡口，为唐代长江南北交通要道，在今江苏扬州江都区南。

②元大：姓元，排行老大。

③校书：官名。唐代的校书郎，掌管校书籍。

④亲爱：相亲相爱的朋友，指元大。

⑤泛泛：行船漂浮。

⑥归棹（zhào）：归去的船。

⑦广陵：今江苏扬州。在唐代，由扬州经运河可以直达洛阳。

⑧为此别：在此分别。此，指扬子津。

⑨沿洄（huí）：顺流而下为沿，逆流而上为洄，这里指处境的顺逆。

【译文】

我和好友元大在江边凄然别离，我的小舟晃晃悠悠地驶向烟雨朦胧的江心。在乘船返回洛阳的时候，我的耳畔传来阵阵钟声，它回响在广陵的树梢上。我们在扬子津依依惜别，不知道何时才能再次相见。世间的万事万物就像那江面上飘荡的浮舟，怎么停得下来？

【赏析】

此诗是寄赠好友的离别诗，其时，作者被任命为洛阳丞。在从广陵（今江苏扬州）去洛阳赴任的途中，作者想念好友元大（大是其排行，具体姓名不可考），便写下这首诗寄赠元大，抒发心中的思念之情。

首联"凄凄去亲爱，泛泛入烟雾"，描述了离别场景，作者自述内心依依不舍的别情。小船已经晃晃悠悠地漂到江心，我怀着依依不舍的心情，和我的好友告别。"凄凄""泛泛"二词的叠用，渲染了作者内心不忍分别，却又不得不分开的离愁；"亲爱"二字，更加体现出作者和好友元大之间亲密的友谊。

作者乘舟渐渐远去，前往洛阳。"归棹洛阳人，残钟广陵树"，是

写出发去洛阳的作者耳边传来阵阵钟声。"残钟"是指钟声听得不清晰，似有似无。这钟声点出作者渐行渐远的同时，也为作者增添了分离的愁苦，似乎广陵的树木也染上了这离愁。

不想分离，又不得不分离。此去经年，再见何处？颈联"今朝为此别，何处还相遇"，写出作者内心感慨万千。在那个交通不便、命途多舛的年代，往往一别就难以再次相聚。作者在感慨相逢无期的同时，又在尾联自我开解"世事波上舟，沿洄安得住"。这世间的事情本就变化无常，自己又怎么能强求得了？在这淡淡的宽慰之中，作者对友人浓浓的眷意、依依的别情，愈发显得深远，变得幽邃。

全诗起笔感情极浓，最后结尾又化浓为淡，悄然深藏，"至浓至淡，便是苏州笔意"。（刘云《韦孟全集》）

【飞花解语】

本诗除"归棹洛阳人"外，无可对飞花令的诗句。

欲寻芳草去，惜与故人违

"欲寻芳草去，惜与故人违"一句出自孟浩然的《留别王维》。作者运用"芳草"这一意象，代表了自己的归隐之心。作者此时已经落第，不愿继续留在长安，只得与王维分离，心中的不忍也由此句传达而出。全诗语言朴实无华，感情真挚动人，诗意晓畅通达，读来韵味悠长。

留别王维

孟浩然

寂寂①竟何待，朝朝②空自③归。

欲寻芳草④去，惜与故人违。

当路⑤谁相假⑥，知音世所稀。

只应守寂寞，还掩故园扉。

【注释】

①寂寂：落寞。

②朝（zhāo）朝：天天，每天。

③空自：独自。

④芳草：本义为香草，古诗中常比喻为美好的品德。此处指美好的处所，暗喻隐逸生活。

⑤当路：身居要职的当权者。

⑥假：引荐，援引。

【译文】

在长安城中我是如此的寂寥，那我还在等待什么呢？前去求仕却次次都空手而归。我本打算归隐山林，去寻访清幽雅境，又因要和故友分别而感觉伤悲。朝中有谁能够保举我呢？可惜这世上还是知音难觅。我这样的人就应该苦守寂寞，还是回到家乡闭门隐居吧！

【赏析】

孟浩然入京应试，不幸落第，在长安城中寻求保举却没有门路，万般无奈下决定返乡隐居，离去之前写下此诗留别王维，抒发心中的哀怨和离别之情。

首联"寂寂竟何待，朝朝空自归"，作者平铺直叙，写出落第之后门前冷落、空寂无人的情景。作者四处寻求引荐，却每次都是"空自

归"，其中凄凉的处境和心中知音难觅的哀怨悄然浮现在读者眼前。

继而作者直抒胸臆"欲寻芳草去，惜与故人违"：我想要隐居山林，却又不忍心和你分离。作者在此用"芳草"二字代指想要归隐山林的念头；"欲"字体现出作者此时空居长安，胸中抱负得不到施展，想要回乡隐居的欲望；"惜"字说的是即将和王维分别，心中不舍。这样矛盾的心理更能彰显出作者和王维之间真挚的情谊。

颈联"当路谁相假，知音世所稀"，是作者对自己坎坷命运的喟然长叹，也是作者对知音难觅的深深无奈。"谁"字，是作者心怀愤懑的强烈诘问，这一饱含悲怨的反问将全诗的情感推向顶峰，引起封建时期文人墨客的共鸣，全诗的情感也因此变得真挚，感人至深。

作者喟然长叹后又陷入深深的失落中。尾联"只应守寂寞，还掩故园扉"，作者如从一场徒惹人笑的梦中醒来，收拾了心情，归隐田园。"只应"二字耐人寻味，饱含无奈与落寞，细细咀嚼，意蕴悠长。

全诗语言平淡质朴，对仗也不求工整，但是其感情之真挚、意蕴之深厚，却是感人肺腑、引人深思的。

落叶他乡树，寒灯独夜人

"落叶他乡树，寒灯独夜人"出自唐代诗人马戴的《灞上秋居》。此句写作者夜不能寐，见秋木落叶飘飘，而自己独守空烛的情景；描写了作者独居灞上的孤寂生活；抒发了作者内心的凄苦之情。全诗借景抒情，融情于景，语言凝练质朴，感情真挚动人，是一篇广为世人传诵的佳作。

灞上①秋居

马 戴

灞原②风雨定，晚见雁行③频。

落叶他乡树，寒灯④独夜人。

空园白露⑤滴，孤壁野僧⑥邻。

寄卧⑦郊扉⑧久，何年致此身⑨。

【注释】

①灞上：古地名，在今陕西西安东，因地处灞陵高原而得名，唐代求功名的人多寄居此处。

②灞（bà）原：灞上。

③雁行（háng）：鸿雁飞时的整齐行列。

④寒灯：寒夜里的孤灯。多用以形容孤寂、凄凉的环境。

⑤白露：秋天的露水。

⑥野僧：山野僧人。

⑦寄卧：寄居。

⑧郊扉：郊居。扉，本指门，此代指房。

⑨致此身：意即以此身为国君报效尽力。《论语》："事君能致其身。"

【译文】

灞原上的寒风苦雨已经停止，傍晚的长空中大雁频频南飞。他乡的树木飘下片片黄叶，而我独自坐在惨淡的烛火旁。荒芜的小院子里已经洒满了露水，我孤独地居住在这里，只有山野僧人与我为邻。我居住在这郊外已经很久，什么时候才能报效祖国？

【赏析】

作者进京求官而没有门路，于是寄居灞原等待时机。此诗是作者在

灞原上独居时，见万物萧瑟，风雨凄寒，心中有感所作。全诗语言质朴精练，感情真挚动人，是一首抒情诗。

首联"灞原风雨定，晚见雁行频"写风雨初定时作者眼中的灞原景色。此时已是深秋时节，一阵寒风冷雨后，灞原上的归雁趁着愁雨暂歇，频频高飞，想在夜深之前找到一个可以栖息的地方。"频"字写出了雁飞得多、飞得急。南归的大雁本就容易让在外的游子思念家乡，而这雁儿此时又飞得这么急促，定然也是思乡心切吧？

这频频南飞的大雁勾起了作者的思乡之情，一阵寒风吹过，作者又见灞上的秋木，落叶纷飞。于是，作者脱口而出"落叶他乡树，寒灯独夜人"。他乡之树，已经落叶归根；而作者羁旅在外，只有寒灯相伴。中国人自古就有浓厚的故土情结，无论生前怎样，总希望能落叶归根，而作者去乡甚远，不知何时才能归根，只有眼前的"寒灯"映照着"独夜人"。"寒"字和"独"字相互衬托，更显作者独居生活的冷寂凄清。

颈联"空园白露滴，孤壁野僧邻"，是作者对身边景物更为细腻的描写。凉夜静寂，荒芜的小花园中露水滴答的声音清晰可辨，这露水更衬托出寒夜的静谧；独居荒野，与作者做伴的只有远离尘世的山野僧人，这遁入深山的野僧更添作者的孤寂。此句动静相衬，淋漓尽致地写出作者心境之凄凉。

"寄卧郊扉久，何年致此身"，作者本是抱着一颗为国效力之心来长安求官，如今他独居灞上已久，心中焦急凄惶，急切盼望能找到进身之路，却没有门路。独居荒野的孤寂、怀才不遇的愁苦、求官无路的渺茫，就尽在这喟然长叹中了。

【飞花解语】

"灞原风雨定，晚见雁行频"可对"风"字令和"雨"字令。

"落叶他乡树，寒灯独夜人"可对"夜"字令。

空山不见人，但闻人语响

"空山不见人，但闻人语响"出自王维的《鹿柴》。此句别出机杼，描写看不见人的空山和耳边出现的人语，以视觉来映衬听觉。同时，见不到人的空山应当是寂静的，但是耳边传来的人语可以说明有人在山中行走，以动衬静，自然妥帖。

鹿　柴①
王　维

空山不见人，但②闻人语响。
返景③入深林，复④照青苔上。

【注释】

①鹿柴（zhài）：王维辋川别墅之一景。柴，通"砦"，栅栏，篱障。

②但：只。

③返景：太阳将落时通过云彩反射的阳光。景，通"影"，指日光。

④复：又。

【译文】

空空的山林中见不到一个人影，只远远传来人们说话的声音。夕阳余晖洒落在静谧的树林上，斑驳的光影淡淡地映照在青苔上。

【赏析】

王维是唐代著名的诗人，同时也是著名的画家和音乐家，人们赞誉他的作品为"诗中有画，画中有诗"。此诗中之胜景，在王维辋川别墅附近。辋川共有胜景二十处，王维与其友人裴迪一一游玩，并赋诗，编

著为《辋川集》，这首《鹿柴》是其中第五首。

古人在写山水诗时，大多离不开对具体景物的描写，或是青松白云，或是流泉飞瀑，或是奇峰怪石，着眼点都是眼前景物的奇丽瑰怪，而此诗开篇却别出机杼，着眼一个奇怪的现象：空旷寂寥的山间看不到行人，但耳边却传来阵阵人语。

作者以"空山不见人，但闻人语响"起笔，"不见人"将"空山"的意象具体化，读者眼前所呈现的是一个空幽寂寥的大远景。"但闻"二字又打破了这样的寂寥，写山中又远远传来断断续续的人语。因为山空，才有阵阵回音，因为回音阵阵，方能听到断续的人语。这里看似打破幽静空山的人语，实则更加反衬出山谷的静谧，和"蝉噪林愈静，鸟鸣山更幽"有异曲同工之妙。

诗的前两句写出山中的景物动静相和，诗的后两句则写山中的色调明暗相谐。"返景入深林"写的是夕阳西下，余晖淡淡地铺洒在山林中。"返景"指的是夕阳的余晖，这淡黄的余晖洒在寂寥的山中，给原本阴暗的山涂抹上一层淡淡的暖色调，山在夕阳的映照下也变得温暖可爱，这是夕阳下空山整体的暖色调。

尾句"复照青苔上"，则又为山中的冷色调添上浓墨重彩的一笔。随着时间的流逝，夕阳的余晖又在密林的青苔上洒下斑驳的光影。青苔生长在幽暗的密林中，而此时映照在密林上的夕阳不但没有照亮密林，那照射不到的地方，反而更显幽暗。山表面的暖色，和山林中的冷色和谐地组成诗的三、四句：有了山表的暖，始觉山中的寒；体会到山中的寒，才更觉山表的暖。冷暖互相映衬，和谐共生。

总览全诗，作者由静写到动，而动态描写又是对静的映衬和补充；由暖写到寒，山表的暖又突显了山中的寒。作者营造出一个空幽又光明的禅境，虽有禅意，却隐而不露。细细品来，此之意境唯有古时这位集诗、画、乐为一体的大家，才能用诗人的语言、画家的笔触、歌者的音感交织而成。读来颇觉情思幽深，情调淡雅，韵味非凡。

"空山不见人，但闻人语响"可对"山"字令。

"返景入深林，复照青苔上"可对"人"字令。

可怜无定河边骨，犹是深闺梦里人

"可怜无定河边骨，犹是春闺梦里人"一句出自唐代诗人陈陶的《陇西行》。此句诗将无定河边战死的将士与在闺房中等候良人归来的少妇做对比，将战士战死的实情和妻子梦中与丈夫相会的虚幻相结合，反映出战争给人民带来的苦难。这句诗虚实结合，感情真挚，是广为传诵的佳句。

陇西行

陈 陶

誓扫匈奴①不顾身，五千貂锦②丧胡尘。

可怜无定河③边骨，犹是春闺④梦里人。

【注释】

①匈奴：本为我国古代北方少数民族之一，汉时常侵扰王朝北方。此处借指唐代北方的突厥、契丹等少数民族。

②貂锦：汉代羽林军着貂裘锦衣，此指出征将士。

③无定河：黄河中游支流。

④春闺：这里指战死者的妻子。

【译文】

（唐军将士）发誓要扫除匈奴，奋不顾身，一场激烈的战斗让五千名战士战死沙场。可怜无定河边的层层白骨，如今还是闺中少妇夜夜思念的梦中人。

【赏析】

陈陶的《陇西行》组诗一共四篇，多描写唐朝时期因边关战乱频发，给人们生活带来的悲痛和灾难，本诗是组诗的第二首。

诗的首句"誓扫匈奴不顾身"，作者笔意慷慨激昂，写出唐军将士保家卫国、奋不顾身的豪情。唐朝时期，北方边关烽烟四起，战事频发。"誓"字，写出了唐朝军队誓死保家卫国的决心，"不顾身"则突出了将士们忠心报国、奋不顾身的慷慨豪迈。

第二句笔锋一转，"五千貂锦丧胡尘"写出在惨烈的战斗中唐军将士伤亡惨重。"五千"是虚写，突出说明战死人数极多，正面突出了这场战争的惨烈。无数大好男儿战死沙场，给百姓的生活带来极大的苦难。"貂锦"指的是精锐部队，汉朝时期的羽林军穿貂裘锦衣，战斗力极强。而这样的精锐之师却伤亡惨重，从侧面烘托出战争的惨烈，突出将士们战死沙场的悲壮。

诗的前两句，先写了战士出征时精神焕发、锐气逼人，以及不驱敌寇、誓不罢休的激昂豪迈，而次句又以战争惨烈、将士纷纷战死沙场，来渲染悲凉气氛，暗写战争给人民带来的苦难，自然地引出诗的后两句。

"可怜无定河边骨，犹是春闺梦里人"，作者笔锋再转，直抒胸臆，抒发了对边关战士的同情和对战争的痛恨。作者并没有直接写战争的场面，而是虚实结合，侧面烘托出战争给人民生活带来的不幸。无定河自边外流经陕西榆林一带，正是战事频发的地方。"无定河边骨"，是对战士们战死边关、遗尸荒野之惨状的实写。"春闺梦里人"是作者的遥想：在家等候良人回家的妻子，此时或许还不知道丈夫已经战死边关，犹自在梦中与其相会。

汉代诗人贾捐之曾写《议罢珠崖疏》："父战死于前，子斗伤于后，女子乘亭鄣，孤儿号于道，老母、寡妻饮泣巷哭，遥设虚祭，想魂乎万里之外。"贾捐之的诗极写了孤儿寡母对亲人战死的悲痛，那是战士的家属已经知道亲人战死的事实。陈陶的"可怜无定河边骨，犹是春闺梦里人"一句则是虚实应和，写出战士已经战死沙场，成为无定河边的枯骨，而家人却不知亲人已经战死，或者是不愿相信这一事实，犹自做着梦里相逢的美梦。

全诗笔锋一转三折，情绪跌宕起伏，所有的转折都是为痛诉战争之不幸这一主旨而来，其语言生动质朴，感情真挚动人，读来感人肺腑，不禁让人潸然泪下。

【飞花解语】

本诗除"犹是春闺梦里人"外，无可对飞花令的诗句。

情

"情"字，自古最难被解释清楚。在唐诗中，既有多情人——"情人怨遥夜，竟夕起相思"，也有无情物——"汉文有道恩犹薄，湘水无情吊岂知？"那么，在行"情"字令时，你更喜欢吟咏多情人还是无情物呢？

旅馆无良伴，凝情自悄然

"旅馆无良伴，凝情自悄然"出自杜牧的《旅宿》。此句直接点题，描述了作者独居旅馆，静静地对着昏黄的灯火，黯然伤怀、思念家乡的情景。全诗语言凝练生动，情感真挚动人，意境悠长深远，广为世人传诵。"旅馆无良伴，凝情自悄然"一句也成为飞花令中"情"字令的高频语句。

旅　宿
杜　牧

旅馆无良伴①，凝情②自悄然③。
寒灯④思旧事，断雁⑤警⑥愁眠。
远梦归侵晓⑦，家书到隔年。

沧江⑧好烟月⑨，门系钓鱼船。

【注释】

①良伴：好朋友。

②凝情：凝神沉思。

③悄然：忧伤的样子。这里是忧郁的意思。

④寒灯：昏冷的灯火。这里指倚在寒灯下面。

⑤断雁：失群之雁。这里指失群孤雁的鸣叫声。

⑥警：惊醒。

⑦远梦归侵晓：意谓做梦做到破晓时，才是归家之梦，家远梦亦远，恨梦归之时也甚短暂；与下句"家书到隔年"相对，更增添了烦愁。

⑧沧江：通"苍江"，泛指江水。江水呈青色，故称。

⑨好烟月：指隔年初春的美好风景。

【译文】

旅馆中没有我的好友，我独自陷入深思。独对寒灯，我想起往年间发生的事情；孤雁哀鸣，我难以入睡。因路途遥远，直到破晓我的梦魂才回到家乡；寄回的家书整整隔了一年才被家人收到。江水之上的皓月是多么的美好，我的门前停泊着一只打鱼的小船。

【赏析】

杜牧一生羁旅漂泊，此诗应是作者在江西任职时所作。作者独居旅舍，并无好友相伴，只觉寒夜凄清，思乡之情油然而生，遂作此诗，叙写了羁旅生活的冷寂凄清，抒发了心中对家乡的思念。

首联"旅馆无良伴，凝情自悄然"，作者直接点题，写出自己独处旅舍、静坐忱思的情景。"凝情自悄然"，是因为作者此时在他乡为客已久，如今又是在"无良伴"的旅舍。离乡万里又没有知音的作者，悄然凝

思的是家乡的亲朋好友，思乡的缕缕忧愁，悄然渲染在这旅舍中。

领联"寒灯思旧事，断雁警愁眠"，承接首联，将作者凝神深思的情境具体化。昏黄的灯影映照着静坐回想的作者；失群的孤雁，阵阵哀鸣，惊醒了他的愁眠。"寒灯""断雁"渲染出作者此时处境的凄清和孤寂。

前两联作者渲染思乡愁绪，诗的第三联则是极写离乡之远。"远梦归侵晓，家书到隔年"，此句短短十个字，其中含义却曲折婉转，韵味无穷。思乡之梦或长或短，醒来天已破晓，此为虚写思乡之情浓；离家万里，山川相隔，寄回的家书要整整一年才能传到，此为实写故土之遥远。这两句虚实结合，相互映衬，写尽作者心中思乡心切却又不得回归的愁怨。

尾联"沧江好烟月，门系钓鱼船"，作者不再叙写思乡之情，而是对眼前的美景进行描述。思乡的浓情在前面三联已经写到极致，情到浓时情转薄，作者此时借眼前美景，遥想家中景色，其思乡之情更显曲折动人。

全诗感情真挚，语言含蓄，意境深长，细细品味，一股浓浓的羁旅愁思扑面而来，却又倏而远逝，诗意到此，方显精妙。

【飞花解语】

"沧江好烟月，门系钓鱼船"可对"江"字令和"月"字令。

五更疏欲断，一树碧无情

"五更疏欲断，一树碧无情"出自李商隐的《蝉》。在此诗中，作者将情感寄托于"餐风饮露"的蝉。此句写蝉无助的哀鸣，好似在埋怨本可以提供庇护的大树，此刻对蝉的哀告无动于衷。作者以蝉自比，蝉高居难饱，作者亦无人相助。此句语出愤慨，构思高妙，是不可多得的佳句。

蝉

李商隐

本以①高难饱②，徒劳恨费③声。
五更④疏欲断，一树碧无情。
薄宦⑤梗犹泛⑥，故园芜已平⑦。
烦君⑧最相警⑨，我亦举家清⑩。

【注释】

①以：因。

②高难饱：古人认为蝉栖于高处，餐风饮露，故说"高难饱"。

③费：徒然。

④五更（gēng）：中国古代把夜晚分成五个时段，用鼓打更报时，所以叫"五更"。

⑤薄宦：官职卑微。

⑥梗犹泛：如桃梗一样漂泊，没有依傍。典出《说苑》："土偶（泥人）谓桃梗（桃木人）曰：子东园之桃也。刻子为梗，遇天大雨，水潦并至，必浮子泛泛乎不知所止。"

⑦芜已平：荒草已经平膝没胫，覆盖田地。芜，荒芜。平，指杂草长得齐平。

⑧君：指蝉。

⑨警：提醒。

⑩清：清贫，亦有操守清高之意。

【译文】

你在高高的枝头餐风饮露，故而难得饱食，只能一声声徒然地恨恨啼鸣；到了五更时分，你的鸣声已经渐渐衰落，几乎要断绝了，而碧绿的树木却依然冷酷无情。我官职卑微，一生就像桃梗一样四处漂泊，身不由己；我故乡的田园也已经荒芜。多亏你的鸣叫，让我得以醒悟。我虽举家清贫，却有如你一样高洁的操守。

【赏析】

李商隐一生积极出仕，却仕途坎坷，虽两次进入秘书省，但始终没能施展胸中抱负，处境每况愈下。本诗是一首咏物诗，作者以蝉自比，诉说自己虽然清贫，却依然能够清高自守。

首联"本以高难饱，徒劳恨费声"，作者诉说了蝉的哀告。古人认为，蝉高居枝头，以清露为生，故而蝉在古诗中一直代表着清高。此句诗中的"声"由"难饱"而发，因为难以饱食而恨恨出声；"难饱"又因"高"而起，因为居高饮清露，故而难饱。逻辑严谨，层层递进，作者在此诉说自己像蝉一样，因为清高所以清贫，虽然四处哀告，却依然得不到帮助。

颔联"五更疏欲断，一树碧无情"，作者将自己的感情寄托在蝉的身上，借蝉的处境来抒发自己心中的愤慨。原本树木的"碧"和蝉鸣的"疏"没有直接联系，作者在此却用大树的"碧无情"来对比蝉鸣的"疏欲断"，其实这是作者对自身遭遇的激愤之言。作者清高自守，却清贫无依，向有能力者寻求帮助，对方却无动于衷。此句意绪虽然激昂愤慨，构思却灵巧精妙，将作者的怨情表达得淋漓尽致。

作者借物咏志，前四句写出蝉的清高和无助，后四句笔锋一转，开始诉说自身处境的悲凉。颈联"薄宦梗犹泛，故园芜已平"，作者慨叹自己官职低微，只能随波逐流，身不由己，故乡的田园也荒芜了。"田园将芜胡不归"，这样四处漂泊的生活让作者更加思念家乡。

尾联"烦君最相警，我亦举家清"，作者将蝉拟人化，直接与其对话。"君"高居枝头，餐风饮露；"我"官职微小，俸禄低微，清高自守。你声声的鸣叫不正是提醒我和你一样清贫无依吗？

此诗咏物抒情，"传神空际，超超玄著"，是咏物诗中的名篇，被古人誉为"咏物最上乘"。

【飞花解语】

本诗除"一树碧无情"外，无可对飞花令的诗句。

多情只有春庭月，犹为离人照落花

"多情只有春庭月，犹为离人照落花"，斯人已去，空留多情的明月映照着点点落花，这句物是人非的慨叹出自唐代诗人张泌的《寄人》。这是一首七言绝句。此诗为作者和心上人离别后相寄，描写了梦中所见和梦醒后的情景，抒发了作者心中对情人的深深爱恋和思念。

寄 人

张 泌

别梦依依到谢家①，小廊回合②曲阑③斜。

多情只有春庭月，犹为离人④照落花。

【注释】

①谢家：晋代谢奕之女谢道韫、唐代李德裕之妾谢秋娘等皆有盛名，故后人多以"谢家"代闺中女子。这里借指所寄女子之家。

②回合：回环、回绕。

③阑：栏杆。

④离人：诗人自指。

【译文】

离别后，我在梦中又回到你家中，小小的回廊依然四面环绕着，曲曲折折的栏杆也依旧横斜。要论多情，还得说春天里悬挂在夜空的月儿，它还映照着庭中的落花。

【赏析】

张泌是南唐著名的诗人，花间派的代表，其作品用语流便、细腻精巧。这首《寄人》抒写了与心上人离别后的思念之情，情深意切，是其代表作之一。

此诗起于一个相思梦。作者与情人依依惜别之后，便日夜想念她。作者可能曾在她家中与其会面或是暂住过她家，所以作者又"别梦依依到谢家"，在梦中回到心上人的家中，想和她再会。

次句"小廊回合曲阑斜"，是作者对梦中场景的描绘：那弯弯曲曲的亭廊，是两人曾玩闹谈心的乐园；那横斜着的栏杆，似乎还能见到两人相依偎的身影。这场景是如此熟悉，可是唯独见不到昔日的佳人。"人面不知何处去，桃花依旧笑春风"，作者不愿相信这物是人非的情景，在梦中一次次地在小院子里徘徊、追忆，好似深陷在这梦境之中无法自拔。

后两句"多情只有春庭月，犹为离人照落花"，是作者由梦中所见转到梦醒之后所见的场景：悬挂在夜空的月儿，映照着庭中的落花。作者在梦中未能和心上人相会已是黯然，梦醒后更是惆怅无比，此时唯有多情的明月与作者相伴，聊以慰藉。

作者在此处突出了明月之多情，不仅仅是突出了自己对心上人的浓浓思念，同时也写出了自己孤寂凄凉的处境，更抒发了作者对心上人杳无踪影的埋怨。虽然已是"落花"，但仍有多情的月儿相照，作者的言外之意是希望能再通音信。

此诗塑造了鲜明的艺术形象，抒发出作者深沉悠长的相思之情。诗中语言流畅，构思精巧，情感真挚，动人心弦。

【飞花解语】

"多情只有春庭月，犹为离人照落花"亦可以对"春"字令、"月"字令和"花"字令。

秋风吹不尽，总是玉关情

"秋风吹不尽，总是玉关情"一句出自李白的《子夜吴歌·秋歌》。这是一首五言古诗。此诗抒写了独居在家的妇人思念征戍边关的丈夫，期盼战争能够早日结束，家人能够得以团聚。全诗语言精练质朴，感情真挚动人，虽未直写爱情，却是情深义重，读罢余音袅袅，韵味无穷。

子夜吴歌①·秋歌
李 白

长安一片月②，万户③捣衣④声。

秋风吹不尽，总是玉关⑤情。

何日平胡虏⑥，良人⑦罢⑧远征？

【注释】

①子夜吴歌：一作《子夜四时歌》。《子夜歌》属乐府的吴声曲辞，分为"春歌""夏歌""秋歌""冬歌"。《唐书·乐志》说：

"《子夜歌》者，晋曲也。晋有女子名子夜，造此声，声过哀苦。"因起于吴地，所以又名《子夜吴歌》。

②一片月：一片皎洁的月光。

③万户：千家万户。

④捣衣：把衣料放在石砧上用棒槌捶击，使衣料绵软以便裁缝。

⑤玉关：玉门关，故址在今甘肃敦煌西北小方盘城，此处代指良人戍边之地。

⑥平胡虏：平定侵扰边境的敌人。

⑦良人：古时妇女对丈夫的称呼。《诗经·唐风·绸缪》："今夕何夕，见此良人。"

⑧罢：结束。

【译文】

一轮明月将长安城上洒满清辉，千家万户都传来捣衣声。秋风绵绵，却吹不尽家中妇人对戍守玉门关的夫君的思念之情。什么时候才能扫除边境敌人的威胁，让我的夫君不再远征边关呢？

【赏析】

李白的《子夜吴歌》共四首，分别取四时中的四个场景而作，合并之后就是一幅春夏秋冬四扇屏美人图。本诗是第三首，讲述的是独守的思妇为征戍的夫君织布捣衣之事，构思精巧，意蕴悠长。

头两句"长安一片月，万户捣衣声"，作者描绘了秋天长安城中特有的场景：一轮明月下，千家万户传来阵阵捣衣声。"长安一片月"一句直接点题，"明月"在古诗中往往代表相思之意，而秋天的夜晚自然是"秋月扬明辉"的，独守在家的妇人们在这清辉之下，为戍守边关的夫君赶制征衣。对思妇们来说，这片月光何尝不是对别情的一种挑拨呢？

于是作者笔锋一转，写下"秋风吹不尽，总是玉关情"。正所谓"秋风入窗里，罗帐起飘扬"，绵绵的秋风是对思妇的第二层挑拨，思念如此绵长悠远，好似随着秋风飞到了玉门关外。"总是"二字足见妇人对夫君的爱之深，情之浓，念之切。

　　诗到此处，皓然的明月、阵阵的捣衣声与绵绵的秋风交织成片，形成了浑然的境界。读者只见其境，却未见其人，但是字里行间又尽是人的踪影，透露出一种不可遏制的浓浓情意。有人认为诗可以到此处结尾，成为绝句。其实不然，诗的最后两句"何日平胡虏，良人罢远征"，作者直表思妇心声，恰恰符合民歌慷慨天然的特质，并且将诗的含义升华，写出古代百姓渴望和平的朴素愿望，读来余音袅袅，韵味无穷。

【飞花解语】

　　"长安一片月，万户捣衣声"可对"月"字令。

　　"秋风吹不尽，总是玉关情"亦可对"风"字令。

情人怨遥夜，竟夕起相思

　　"情人怨遥夜，竟夕起相思"一句出自唐代诗人张九龄的《望月怀远》。此句承接首联，写出有情人遥望明月，对月相思，辗转反侧、难以入眠的场景。句中的"怨"字，突显了相思之深切、心中之愁怨，是点睛之笔。全诗意境深远，构思巧妙，细致生动，感人至深。

望月怀远
张九龄

海上生明月，天涯共此时。
情人①怨遥夜②，竟夕③起相思。
灭烛怜④光满，披衣觉露滋⑤。

不堪盈手⑥赠，还寝梦佳期。

【注释】

①情人：远隔天涯的一对情人，既指"怀远"之友人或恋人，也包括"怀远"的诗人。

②遥夜：长夜。

③竟夕：终夜，通宵，即一整夜。

④怜：爱。

⑤滋：生。

⑥盈手：双手捧满之意。

【译文】

海面上缓缓地升起一轮明月，你我虽远在天涯，此时却共同遥望它。有情人抱怨这长夜漫漫，整夜思念着你辗转难眠。吹灭烛火，满屋的清辉让人心生怜爱；披着衣服漫步房前，深夜的露水打湿了我的衣衫。我既然没有办法捧着满手的清辉赠送给你，但愿在梦中能够与你欢聚一堂。

【赏析】

这是一首抒情诗，作者借天空皓月，叙写了对远方情人（或亲友）的思念之情。

首联"海上生明月，天涯共此时"，作者直接用一个宏大壮阔的场景破题。只见一轮明月，携漫天华光，从浩瀚的大海上缓缓升起。月亮在这烟波浩渺的海面上，显得那么缥缈，作者遥望它时，自然而然地思念那同样遥远的情人（或亲友）了。而作者偏偏不说自己心中想念，只是遥想情人（或亲友）此时也应该望着明月思念自己，其构思之精巧，意境之宏大，不愧为千古传诵的名句。

颔联"情人怨遥夜，竟夕起相思"，承接首联，写出这漫漫长夜让

197

有情人心生愁怨，遥思情人（或亲友）而整夜难眠。作者的神思从远方的情人（或亲友）身上回归眼前，由想象回归到现实，写出自己对情人（或亲友）的思念和挂怀，其中的"怨"字，更是突显了作者相思之深切。

颈联"灭烛怜光满，披衣觉露滋"，是作者对怀思难眠情景的实写。作者吹灭蜡烛，只见屋子里洒满了月亮的清辉，甚是惹人喜爱；索性披着衣服漫步庭中，夜深寒重，露水打湿了衣服。此句看上去是在写作者漫步赏月，实际上是对其心中怀思的虚写。作者漫步庭中，遥望明月，一个"觉"字，写出了作者突然发觉身上的衣服已经被寒露打湿，可见作者是伫立凝望，心怀远方情人（或亲友）。

尾联"不堪盈手赠，还寝梦佳期"，作者难与情人（或亲友）相见，因而想捧起这满天的月华，赠送情人（或亲友），可是这是不可能的。作者只有寄希望于梦，希望在梦中能够和情人（或亲友）相见。

全诗意境寥廓，情感细腻，思念情重，却又不觉凄凉。

【飞花解语】

"海上生明月，天涯共此时"可对"月"字令和"天"字令。

"情人怨遥夜，竟夕起相思"亦可对"夜"字令。

酒香剑影

在飞花令中，"酒"字令的出现频率极高。酒过三巡，那些微醺的文人雅士似乎对杯中之物产生了感情，一杯酒下肚，似乎所有的喜怒哀乐也都跟着下了肚。此时行"酒"字令再好不过，人们悄悄地将自己的忧愁藏在了诗句中。

红叶晚萧萧，长亭酒一瓢

"红叶晚萧萧，长亭酒一瓢"出自唐代诗人许浑的《秋日赴阙题潼关驿楼》。作者以此句起笔，勾勒出一幅秋日行旅图：傍晚时分，满山的红叶在秋风中瑟瑟作响，萧萧而下。此时，作者在长亭饮酒，倍感旅途的孤寂凄清。全诗景物描写雄浑壮丽，构思精巧，意绪飞扬。

秋日赴阙①题潼关驿楼②

许 浑

红叶晚萧萧，长亭③酒一瓢。
残云归太华④，疏雨过中条⑤。
树色随关迥⑥，河声入海遥。
帝乡⑦明日到，犹自梦渔樵⑧。

200

【注释】

①阙：指唐朝都城长安。

②驿楼：旧时供邮传人和官员旅宿的住所。

③长亭：古时道路每十里设长亭，供行旅停息。

④太华：西岳华山，在今陕西华阴南。

⑤中条：山名，一名雷首山，在今山西永济东南。

⑥迥：远。

⑦帝乡：京都，指长安。

⑧梦渔樵：梦想过渔樵生活。

【译文】

　　漫山的红叶在晚风中瑟瑟作响，萧萧而下，我在长亭中痛饮一瓢离别的美酒。天空中片片残云飞回太华山上，点点稀疏的细雨飘过中条山。苍莽的树色随着城关远去；黄河汹涌奔腾，流向大海。我明天就要到达京城，现在仍然梦想过渔樵生活。

【赏析】

　　作者从家乡进京应试，从洛阳路过潼关，见山河壮丽，地形险要，景色动人，遂提笔写下此诗。

　　首联"红叶晚萧萧，长亭酒一瓢"，作者提笔泼墨，描绘出一幅暮秋行旅图，将读者带入一个秋风萧瑟、旅途漫漫的场景。红叶在夕阳的余晖下飘然纷飞，夜幕缓缓降临。作者痛饮一瓢离别的酒，将心中的悲凉悄然深藏。此句极力渲染了秋之萧瑟，其实也寄托了作者心中的离愁别绪。

　　但是作者并没有沉浸在悲凉的别绪中，而是浓墨重彩地描写出四周雄伟壮丽的景色。"残云归太华，疏雨过中条"，天空中的片片残云飞回到太华山上，点点稀疏的细雨飘过中条山。作者在此用"归"字点染太华山，让太华山显得灵动秀美，同时用"过"字烘托中条山，让中条山成为飞动的活景，而不是静立的死景。

作者的目光继续向远方延伸，只见"树色随关迥，河声入海遥"。登高远望，那苍莽的山林随着城关一同远去；黄河奔腾在城关外，只能听到它咆哮的声音。作者在此将目之所见、耳之所闻、心之所感一一描绘，使读者犹如身临其境，一同沉浸在这壮丽的景色中。

尾联"帝乡明日到，犹自梦渔樵"，作者转写自身。作为一个远赴京城应试的士子，作者此时离京城只有一步之遥，心中所想应是到了帝都之后该如何应考，可是作者却出人意料地写"犹自梦渔樵"，即说自己进京并非为追名逐利，只想尽心报国。

作者作此诗时，处于晚唐时期。当时社会颓败，皇帝昏庸，作者心中想为国效力。全诗语言精练，意境浑厚，韵味悠长，细细品来，让人回味无穷。

【飞花解语】

"残云归太华，疏雨过中条"可对"云"字令和"雨"字令。

绿蚁新醅酒，红泥小火炉

"绿蚁新醅酒，红泥小火炉"，新酿制的美酒泛着淡绿色的浮沫，红色的小火炉中炉火正旺。这温馨舒适的生活场面让人心向往之。此句出自白居易的《问刘十九》。诗中描绘了雪花飞舞的日暮时分，作者邀请好友共饮美酒的场景。全诗场面温馨，情感炽热，语言轻松，是一首脍炙人口的佳作。

问刘十九①

白居易

绿蚁②新醅酒③，红泥小火炉。

晚来天欲雪④，能饮一杯无⑤？

【注释】

①刘十九：其人不详，当为作者江州任时好友。

②绿蚁：指浮在新酿的没有过滤的米酒上的绿色酒渣。

③醅（pēi）酒：未过滤的酒。

④雪：下雪，这里做动词用。

⑤无：表示疑问的语气词，相当于"否"或"吗"。

【译文】

我这里有新酿好的漂着绿色浮渣的美酒，有烧得正旺的红泥制作的小火炉。傍晚时分天色昏暗将要下雪，你能否来寒舍，与我共饮美酒呢？

【赏析】

作者晚年隐居在洛阳，在一个将要飞雪的傍晚，他心中想念好友刘十九，欲邀请其共饮美酒，促膝相谈，遂作此诗。全诗语言轻松写意，色调明快活泼，字里行间可见质朴温馨的情谊。

前两句"绿蚁新醅酒，红泥小火炉"，作者选取了两个常见的意象——酒和火炉。这酒是新酿造好的美酒，上面还漂浮着绿色的酒渣；这用红泥制作的精美的小炉子，里面的炉火烧得正旺。这酒和火炉的搭配，让小小的厅室显得温暖宜人，在这里和好朋友畅谈欢饮，岂不美哉？

读到这里，已经让人心动，可作者还觉得不够，又加入了新的意象——暮雪。"晚来天欲雪"，冬日的傍晚已是寒风凛冽，寒气逼人，浓浓的雪的气息，更是给这个傍晚增添了几分寒意。天越冷，那美酒就愈显得滚烫，小火炉就愈显得温暖。

最后，作者发出邀请："能饮一杯无？"老朋友啊，你来我这温暖舒适的小屋子中与我共饮美酒吧！这邀请是如此的亲切自然，这屋子是如此的温馨，作者流露出的情感好似那美酒一样香醇，好似那炉火一样炙热。

此诗之所以受欢迎，不仅仅是因为作者用巧妙的意象营造出了温馨的场景，诗中和谐自然的色彩也是很重要的。"绿蚁"二字生动形象地描绘出美酒的颜色、形态；"红泥"二字则让这炉火显得更加温暖；漫天飘飞的雪花衬托出了小屋的温暖。在这风雪交加的无边夜色中，小屋里泛着点点绿意的美酒和烧得正旺的炉火和谐搭配，越发温馨。

全诗只有短短二十字，诗中意象也是寻常可见，可作者却不加雕琢地展现出浓郁的生活气息。《诗境浅说续编》这样评价此诗："寻常之事，人人意中所有，而笔不能达者，得生花江管写之，便成绝唱，此等诗是也……末句之'无'字，妙作问语，千载下如闻声口也。"

【飞花解语】

"晚来天欲雪，能饮一杯无"可对"天"字令和"雪"字令。

劝君更尽一杯酒，西出阳关无故人

"劝君更尽一杯酒，西出阳关无故人"一句出自王维的《渭城曲》。这是一首乐府诗。作者像一个高明的摄影师，选取最有表现力的"劝君更尽一杯酒"的劝饮场景，让作者没写出来的离别话语更有分量，让这份友谊显得更加深厚。作者将和友人分离时候的依依别情抒写得更加真挚动人。

渭城曲①

王　维

渭城②朝雨浥③轻尘，客舍④青青柳色新。

劝君更尽⑤一杯酒，西出阳关⑥无故人。

【注释】

①渭城曲：另题作《送元二使安西》，或名《阳关曲》《阳关三叠》。

②渭城：秦时咸阳城，汉代改称渭城，在今陕西咸阳东北，位于渭水北岸。

③浥（yì）：湿润，沾湿。

④客舍：旅馆。

⑤更尽：再饮完。

⑥阳关：古关名，故址在今甘肃敦煌西南，为自古赴西北边疆的要道。

【译文】

渭城清晨时分的细雨微微湿润了道路，雨后的杨柳一片嫩绿，旅馆也愈发显得清新宜人。在这分别的时刻，请你再饮一杯美酒，往西一路前行出了阳关，你就再也难以遇到老朋友了。

【赏析】

此诗为广为传唱的乐府诗，在吟唱此诗时，除首句不叠外，后三句一一重叠，因而又名《阳关三叠》。

全诗用质朴的语言描写了最具普遍性的别离场景，没有特定的别离背景，有的只有别离时的深情，因此适合绝大多数的离别场景，成为传播范围最远、传播时间最长的古曲之一。

首句"渭城朝雨浥轻尘"，作者交代了送别的时间和地点。渭城在长安的西北方向，在此送别的多是前往安西都护府。此时的渭城，早上刚刚下过一阵新雨，雨后的道路不再是尘土飞扬，而是微微湿润的，好似天公也知道此刻友人将要远行，故送来这样一场雨，一洗风尘。

次句"客舍青青柳色新"，是对送别场景的进一步描写。渭城新雨后的柳树一片嫩绿，客舍也显得清新宜人。杨柳多为送别的意象，客舍原本是和旅人相伴的，此时旅人要远行，好似它也在默默相送。新雨润轻尘、绿柳伴新舍的送别场景是轻快的，说明这一场离别是深情的分别，而不是黯然感伤的别离。

第三、第四句"劝君更尽一杯酒，西出阳关无故人"，是劝酒辞。酒席上的推杯换盏自是不必多言，离别时的殷殷叮嘱也不必赘述。作者单以劝饮之辞收尾，不仅蕴含了强烈深挚的惜别之情，还暗含知己难求的深意。

全诗虽是离别，但别而不伤，诗中语言质朴，构思精巧，情感真挚。明代李东阳在《麓堂诗话》中说："作诗不可以意徇辞，而须以辞达意。辞能达意，可歌可咏，则可以传。王摩诘'阳关无故人'之句，盛唐以前所未道。此辞一出，一时传诵不足，至为三叠歌之。后之咏别者，千言万语，殆不能出其意之外。必如是方可谓之达耳。"

【飞花解语】

"渭城朝雨浥轻尘，客舍青青柳色新"可对"雨"字令。

盘飧市远无兼味，樽酒家贫只旧醅

"盘飧市远无兼味，樽酒家贫只旧醅"出自杜甫的《客至》。全诗讲述了作者和友人一次不期而至的相聚，透露出作者和友人偶然相聚时的兴奋和喜悦之情。"盘飧市远无兼味，樽酒家贫只旧醅"一句是作者对自家酒菜不够丰盛的自谦之语，表达了作者和友人真挚的情谊。

客　至①

杜　甫

舍②南舍北皆春水，但见③群鸥日日来。

花径④不曾缘客扫，蓬门⑤今始为君开。

盘飧市远⑥无兼味⑦，樽⑧酒家贫只旧醅⑨。

肯与邻翁相对饮，隔篱呼取尽余杯⑩。

【注释】

①客至：客指崔明府，杜甫在题后自注："喜崔明府相过。"明府，唐人对县令的称呼。相过，即探望、相访。

②舍：指诗人所居的成都浣花溪草堂。

③但见：只见。此句意为平时交游很少，只有鸥鸟不嫌弃能与之相亲。

④花径：长满花草的小路。

⑤蓬门：用蓬草编成的门户，以示房子的简陋。

⑥市远：离市集远。

⑦无兼味：菜肴很简单。兼味，多种美味佳肴。

⑧樽：酒器。

⑨旧醅：未滤过的陈酒。古人好饮新酒，杜甫以家贫无新酒感到歉意。

⑩余杯：残酒，未饮完的酒。

【译文】

我的居所前后围绕着碧波荡漾的春水，一群群的鸥鸟每天都来与我相伴。我从来不会因为有客人要来而打扫长满花草的小路，我家的草门为你首次敞开。距离集市太远，所准备的菜肴实在太过简单；家中一向贫寒，只有陈年的浊酒来招待你。你如果想和邻家的老翁举杯对饮，那我就隔着篱笆将他喊来。

【赏析】

杜甫一生颠沛流离，在五十岁时才暂居成都草堂。此诗是杜甫的草堂落成之后，有客人来访时所作。

首联"舍南舍北皆春水，但见群鸥日日来"，作者从居所的环境下笔，点出客人到访的时间和地点。"舍"字的重复使用，形象地描绘了草堂周围绿水环绕、春意盎然的清幽环境。"皆"字突出了春水之多，给人以浩渺之感，好似这草堂独立在烟波之上。鸥鸟在古诗中常常和隐士相伴，作者在此借用鸥鸟这一意象，写出自己淡泊宁静的心境。

颔联，作者以和友人对话的口吻引出客人的到访："花径不曾缘客扫，蓬门今始为君开。"意为：我家长满鲜花的小径从来没有因为客人而专门进行打扫过，我家的草门也是为迎接你头一回打开。这两句前后映衬，衬托出作者和友人深厚的情谊。

颈联"盘飧市远无兼味，樽酒家贫只旧醅"，作者实写招待客人的情景。宴席上主人频频劝饮，同时抱歉自己准备的酒菜不够丰盛：家距离市场太远，没有准备太多的菜肴；家境贫寒，只得共饮陈酒。这样质朴平凡的歉疚之语，体现出作者和友人之间真诚相待、知心相交的情谊。

作者以"肯与邻翁相对饮，隔篱呼取尽余杯"作为结句，质朴自然。"肯与"和"呼取"本是古人白话，作者用在此处，逼真细腻，亲切自然，更突显出两位挚友之间的深情厚谊。

全诗语言质朴，晓畅通达，不仅写出了作者待客时的兴奋和歉疚，还将邀请邻居以助酒兴的细节加入其中，写出了友情的美好和真挚，突显了浓浓的生活气息。

【飞花解语】

"舍南舍北皆春水，但见群鸥日日来"可对"春"字令和"水"字令。

"花径不曾缘客扫，蓬门今始为君开"可对"花"字令。

主人有酒欢今夕，请奏鸣琴广陵客

"主人有酒欢今夕，请奏鸣琴广陵客"一句出自唐代诗人李颀的《琴歌》。这是一首七言古诗。此诗记述了一次宴饮听琴的情景，此句点明了听琴的场合、时间及乐师的身份。句中的"欢"字，渲染出宴席之间欢快热闹的气氛，而"鸣琴"二字则点明主题，提纲挈领，统领全篇。

琴　歌
李　颀

主人有酒欢今夕，请奏鸣琴广陵客①。
月照城头乌②半飞，霜凄万木③风入衣。
铜炉华烛④烛增辉，初弹《渌水》后《楚妃》⑤。
一声已动物皆静，四座无言星欲稀⑥。
清淮⑦奉使千余里，敢告云山⑧从此始！

　　①广陵客：古琴曲有《广陵散》，魏嵇康临刑奏之。广陵客，本指嵇康，这里指善弹琴的人。

　　②乌：乌鸦。

　　③霜凄万木：夜霜使树林带有凄意。

　　④华烛：饰有文采的蜡烛。

　　⑤《渌水》《楚妃》：都是古琴曲名。

　　⑥星欲稀：指后夜近明时分。

　　⑦清淮：指地近淮水。时李颀即将赴任新乡尉，新乡临近淮水，故称。

　　⑧云山：代指归隐。

【译文】

　　主人摆下酒席让我们欢聚一堂，请来擅长琴艺的名师为我们弹琴助兴。此时明月高高地照在城头，乌鸦纷飞；秋霜催落万物，寒风吹透衣衫。铜炉中散发着阵阵暖意，花烛更添光辉。琴师首先弹奏了《渌水》，接下来又弹奏了《楚妃》。琴音响起的时候万籁俱寂，周围一片寂静，四座无言，凝神静听。我奉命出使来到了这淮水边上，听了他的琴音，我真想让大家从此归隐山林。

【赏析】

　　此诗是作者奉命出使清淮，与友人欢宴时听宴会中的琴师弹奏时所作，作者借琴抒情，写下了这首《琴歌》。

　　首二句"主人有酒欢今夕，请奏鸣琴广陵客"，作者直接点题。"今夕"点出时间，"鸣琴"点出事情，"广陵客"点出琴师。其中的"欢"字，渲染出宴会上其乐融融的气氛，为全篇的情感定下基调。

　　第三、第四句"月照城头乌半飞，霜凄万木风入衣"，作者笔锋陡转，写宴厅之外一片肃杀的秋景，与前两句传递的情感截然不同。作者在此是以哀景反衬乐情，有知己和美酒相伴，又有琴声相和，这寒凉的

秋意也不算什么。

第五、第六句"铜炉华烛烛增辉,初弹《渌水》后《楚妃》",写琴声初响时的情景。"铜炉华烛烛增辉"一句写此时酒暖灯红,宾客们举杯欢饮,酒宴气氛已经到达高潮,"广陵客"在大家的注目下登场献艺。

第七、第八句"一声已动物皆静,四座无言星欲稀",作者运用侧面烘托的手法,用"物皆静"和"四座无言"来衬托琴师的高超技艺。"星欲稀"则是写出演奏时间的长度,客人们沉醉在琴音之中,不知东方即白。

末尾两句"清淮奉使千余里,敢告云山从此始",写作者凝神静听,只觉这琴音幽绝空寂,世上的喧嚣似乎都已随着琴声消失不见,他像一个漂泊已久的游子,对故乡的思念和对仕途的厌倦都让他心生退隐之意,从侧面烘托出这琴音之动人,琴师技艺之高超。

【飞花解语】

"月照城头乌半飞,霜凄万木风入衣"可对"月"字令和"风"字令。

"铜炉华烛烛增辉,初弹《渌水》后《楚妃》"可对"水"字令。

"清淮奉使千余里,敢告云山从此始"可对"云"字令和"山"字令。

古人似乎极爱写香，有描写花香的——刘眘虚的"时有落花至，远随流水香"，也有描写闺阁中香气的——沈佺期的"卢家少妇郁金香，海燕双栖玳瑁梁"。那么，在行"香"字令时，你更喜欢吟咏哪种香气呢？

香雾云鬟湿，清辉玉臂寒

"香雾云鬟湿，清辉玉臂寒"出自杜甫的《月夜》。这是一首五言律诗。作者被困长安，遥望天上的明月，心中思念着寄居鄜州的妻子。作者描写了妻子望月思念自己时的动作和神情，渲染了离别的愁绪，情真意切，真挚动人。

月　夜
杜　甫

今夜鄜州①月，闺中②只独看。
遥怜③小儿女，未解④忆长安⑤。
香雾云鬟湿，清辉玉臂寒⑥。
何时倚虚幌⑦，双照⑧泪痕干。

212

【注释】

①鄜（fū）州：今陕西省富县。当时杜甫的家属在鄜州的羌村，杜甫在长安。

②闺中：指妻子。

③怜：想。

④未解：尚不懂得。

⑤忆长安：想念在长安的父亲。

⑥"香雾"两句：写想象中妻子独自久立、望月怀人的情景。香，指发髻散发出的芬芳。云，形容发的浓密蓬松。因为有夜雾笼罩着发髻，所以称香雾。玉臂，洁白的手臂。湿、寒，暗示其妻在秋夜望月已久。

⑦虚幌：轻薄透明的窗帷。幌，帷幔。

⑧双照：与上面的"独看"对应，表示对未来团聚的期望。

【译文】

今晚鄜州上空中的那轮明月，只有妻子一个人在房中遥望。可怜我那年幼的儿女们，还不能懂思念长安的我。深夜的雾气沾湿了你乌云般的秀发，清冷的月华照得你两臂生寒。我们何时才能共同依偎在轻柔的帷帐里，让明月照干我们相思的泪。

【赏析】

天宝十五年（756年），杜甫在前往投奔唐肃宗的途中为安史叛军所掳，困于长安。此诗是作者被困长安，思念寄居在鄜州的妻子所作。与一般的夫妻别离后的愁绪不同，杜甫这次和妻子分离是因为战乱，所以诗中还流露出对离乱的痛苦和对国家的心忧。

首联"今夜鄜州月，闺中只独看"，作者被困长安，望着天空的明月，遥想身在鄜州的妻子一人独自空望明月，思念着自己的情景。月悬高空，本应是人人都可观看，作者在此偏偏指出"今夜""独看"，可想而知他和妻子昔日应有过共同望月的经历，心中还期盼着来日可以一同再看。

领联"遥怜小儿女，未解忆长安"，妻子望月是因为"忆长安"，可是孩子们还不谙世事，根本不知道"忆长安"究竟是为何。作者用小儿女们的"未解忆长安"来反衬出妻子"独看"明月时心中的"忆"，让这份"忆"显得更悲切和落寞。"长安"在此代指作者，点出妻子"忆长安"是在想念自己，交代了"忆"的起因。

"香雾云鬟湿，清辉玉臂寒"，是作者对"独看"明月的妻子的形象刻画。她忧思心切，夜不能寐，久久徘徊在月光之下，凝望天空的皓月。秋夜渐渐弥漫开来的雾气打湿了她乌黑浓密的秀发，清冷的月光洒在她的玉臂上，带来阵阵寒意，可是她依然不肯回屋安睡，思念的泪水流过她的面颊。

尾联"何时倚虚幌，双照泪痕干"，作者想到妻子忧心难免，自己也是满面泪痕，不由得追问：我们什么时候才能共同依偎在轻柔的帷帐中，让月光照干我们眼中的泪水？作者对收复故土的渴望，对家人团聚的热切，对战乱纷争的憎恨，都深藏在这个问题中了。

全诗语言凝练，构思新奇，"题是《月夜》，诗是思家，看他只用'双照'二字，轻轻绾合，笔有神力"。（黄生《唐诗矩》）

【飞花解语】

"今夜鄜州月，闺中只独看"可对"夜"字令和"月"字令。

"香雾云鬟湿，清辉玉臂寒"亦可对"云"字令。

不知香积寺，数里入云峰

"不知香积寺，数里入云峰"出自王维的《过香积寺》。诗题是《过香积寺》，可是作者在此句却写出"不知"二字，突显了其洒脱写

意的性格，"数里入云峰"更是写出香积寺的幽深寂静。全诗语言凝练，构思精巧，遣词炼字处可见匠心。

过①香积寺②

王　维

不知香积寺，数里入云峰③。

古木无人径，深山何处钟④。

泉声咽⑤危⑥石，日色冷青松⑦。

薄暮⑧空潭曲⑨，安禅⑩制毒龙⑪。

【注释】

①过：过访，探望。

②香积寺：在长安县（今陕西西安长安区）南神禾原上。

③入云峰：登上入云的高峰。

④钟：寺庙的钟鸣声。

⑤咽：呜咽。

⑥危：高的，陡的。

⑦冷青松：为青松所冷。

⑧薄暮：黄昏。

⑨曲：隐僻之处。

⑩安禅：为佛家语，指身心安然地进入清寂宁静的境界。

⑪毒龙：指世俗欲念。

【译文】

不知道香积寺到底位于何处，我在山中前行了好几里，攀登上入云的高峰。山中古木苍莽，见不到前行的山径，不知何处传来了寺庙的钟声。山中的清泉流过高而险的山石，发出幽咽的声音；松林在暮光的照射下愈发显得清冷。黄昏时分寺院的深潭更显得空幽寂静，我身心安然地进入清寂宁静的境界，克服了世俗的邪念妄想。

【赏析】

王维晚年潜修禅意，过着隐逸山林的隐居生活。这首诗是其隐居时所作，主要描写了游览香积寺时眼中所见和心中所感。作者并没有正面描写香积寺是如何寂静清幽，而是侧面烘托，取得了"鸟鸣山更幽"的艺术效果。

诗的首联"不知香积寺，数里入云峰"，作者直接点题。诗题是《过香积寺》，可是作者却说"不知香积寺"，其洒脱写意、不拘一格的性格可见一斑。作者因不知寺庙在何处，故而前去寻觅。"数里入云峰"，作者在山中前行很久，最终在高耸入云的山峰中见到香积寺的影子，突出香积寺的幽静深远。

颔联"古木无人径，深山何处钟"，作者漫步山林，只见山中古木苍莽青葱，找不到可以前行的道路，远远听到深山里传来寺庙的钟声。作者此时入山已深，山木丛生，山径难寻，可是他仍不放弃寻觅，远处传来的钟声更像一位信使一样邀请他前去做客。此句在写出山寺幽深的同时，也侧面烘托出作者对佛事的热爱。

颈联"泉声咽危石，日色冷青松"，"咽""冷"二字生动传神，历来为世人称道。"咽"字写出了泉水流过高大山石时被山石所阻隔，盘旋鸣咽的状态；"冷"字看似不合情理——阳光怎么是冷的？其实细细想来，正是这山中之幽静，青松之苍莽，傍晚黯淡的日光才显得清冷，松林也被涂抹上了冷色调。

作者一路寻访，日暮时分才见到香积寺。只见寺中的深潭在夕阳下愈发寂静空幽，作者不由联想到用佛法降服毒龙的故事。"薄暮空潭曲，安禅制毒龙"一句不单单指故事中的毒龙被降服，这山寺之空幽，境界之静谧，也让作者那被世俗羁绊的心安定下来。

全诗写寻访香积寺,却从没有直接写香积寺到底如何,而是通过种种烘托,写出香积寺的空幽寂静,好似这山寺不在诗中,诗中又处处可见山寺。其"幽深本色语,不杂一句,洁净玄微,无声无色"。(凌宏宪《唐诗广选》)

【飞花解语】

"不知香积寺,数里入云峰"亦可对"云"字令。

"古木无人径,深山何处钟"可对"山"字令。

时有落花至,远随流水香

"时有落花至,远随流水香"一句出自唐代诗人刘昚虚的《阙题》。此诗讲述的是作者一路观赏,最终到达一座山间小院的故事。"时有落花至,远随流水香"描述了作者在寻访途中,见到清溪中的点点落花随流水远去,留下淡淡芳香的情景。全诗清新自然,引人入胜。

阙 题①

刘昚虚

道②由③白云尽,春④与青溪长。

时有落花至,远随流水香。

闲门⑤向山路,深柳⑥读书堂。

幽映⑦每⑧白日,清辉照衣裳。

【注释】

①阙题:即缺题。"阙"通"缺"。因此诗原题在流传过程中遗失,后人在编诗时以"阙题"为名。

②道：道路。

③由：从。

④春：春意。

⑤闲门：指门前清净、环境清幽、俗客不至的门。

⑥深柳：茂密的柳树。

⑦幽映：指"深柳"在阳光映照下的浓荫。

⑧每：每当。

【译文】

山路被白云阻隔在尘世外，春色好似与这清澈的溪流一样悠长。常常有花瓣飘然洒落，随着流水散发出阵阵芳香。寂静的山门正对着山间蜿蜒曲折的小路，浓密的柳荫深处掩映着读书的斋堂。每当太阳穿过柳荫的幽境，清淡的光辉便洒满了我的衣裳。

【赏析】

刘眘虚为盛唐时期知名的诗人，与王昌龄、孟浩然有诗文唱和。但其诗作大多散失，只留下十五首，且多为描写自然景物。本诗原应有题，在流传的过程中遗失，故后人用《阙题》来填补。

全诗描写了作者一路随水入山，寻访隐居山中友人的情景。首联"道由白云尽，春与青溪长"，作者沿着溪流一路前行，走到了白云深处。"道由白云尽"，是写友人的居所之幽远，处在山的深处。"春与青溪长"，则是写此时正春意盎然，伴随着迢迢山路的悠悠清溪两旁春暖花开，好似这春光与这溪水一样悠长，这两句描写颇有出尘之意。

颔联"时有落花至，远随流水香"，作者见落花流水之美景，没有"无可奈何花落去"的慨叹，也没有"流水落花春去也"的感伤，而是见水中的点点落花，好像给流水也带来了阵阵芳香。"随"字将"落花"拟人化，似乎是落花主动伴随着溪水流动，更显春意的可爱动人。

作者一路前行，终于见到了友人的居所。"闲门向山路，深柳读书

218

堂"，这山间小院的大门正对着蜿蜒的山路，浓密的柳荫下藏着一个读书的斋堂。"闲门"说明此处清幽寂静，平时没有人来打扰。友人在这里隐居读书，无疑是安静舒适的。

末尾两句"幽映每白日，清辉照衣裳"，是说虽然这里白天都会有阳光照射，但是穿过层层柳荫的阳光洒下来只是让人觉得清爽，故而作者说"清辉照衣裳"。

全诗通篇写景，无一字抒情，但"一切景语，皆情语也"。（王国维《人间词话》）作者巧妙地安排景物，好似一位高明的画家，在这画卷中深藏着对美好光景的珍爱之情。

【飞花解语】

"道由白云尽，春与青溪长"可对"云"字令和"春"字令。

"时有落花至，远随流水香"亦可对"花"字令和"水"字令。

"闲门向山路，深柳读书堂"可对"山"字令。

凤尾香罗薄几重，碧文圆顶夜深缝

"凤尾香罗薄几重，碧文圆顶夜深缝"一句出自李商隐的《无题》。这是一首七言律诗。此句描写女主人公在深夜缝制凤尾香罗和碧文罗帐，沉浸在对甜蜜往事的回忆中。

无 题
李商隐

凤尾香罗①薄几重，碧文圆顶②夜深缝。
扇裁月魄③羞难掩，车走雷声④语未通。

曾是寂寥金烬暗⑤，断无消息石榴红。

斑骓⑥只系垂杨岸，何处西南待好风。

【注释】

①凤尾香罗：一种织有凤尾花纹的薄罗。罗，一种丝织品。

②碧文圆顶：指有青碧花纹的圆顶帐子。

③扇裁月魄：指裁制的扇形如圆月。

④车走雷声：形容车响如雷声。

⑤金烬暗：形容烛残。烬，指烛花。

⑥斑骓：毛色青白相间的马。指女子所思之人的马。

【译文】

带着凤尾纹香气的绫罗，是那样的绵薄轻柔；我正深夜缝制着青碧花纹的圆帐。那次与你邂逅，我来不及用团扇掩盖我娇羞的面庞；你驱车隆隆而过，我们之间来不及交流。我曾因为想你而寂寥难眠，直到蜡烛燃成灰烬；我又等到石榴花红，也没有你的消息。也许你在垂杨岸边拴系斑骓马，我到何处等待那西南风送我去与你相会？

【赏析】

这是一首爱情诗，诗中描写了一位女子对爱情的渴望，抒写了年轻女子心中爱而不得的幽怨和独自相思难眠的愁苦。

首联"凤尾香罗薄几重，碧文圆顶夜深缝"描写了女主人公在夜里缝制着绵薄轻柔、带着凤尾纹的香罗和青碧花纹的圆帐。在古诗中，罗帐常被用作男女好合的象征。因此，女主人公深夜缝罗帐暗示了她对心上人的相思之意，自然地引出下文。

颔联"扇裁月魄羞难掩，车走雷声语未通"，是女主人公回想上次与心上人相会的场景。也许那次见面太过突然，她还来不及用罗扇遮掩住自己娇羞的面庞。可那次相逢又如此短暂，两人擦肩而过却没来得及

说上一句话。相逢不易，重逢更难，这次相见以后再无音信，女主人公心中的幽怨可想而知。

颈联"曾是寂寥金烬暗，断无消息石榴红"，此句是讲述上次一别，两人音信断绝，女主人公日夜思念着心上人。"金烬"是指金色的烛台，"烬"指烛花。不知道经过多少个不眠之夜，此时又到了石榴泛红的季节，这女子却还没心上人的消息，在这苦苦的期待中，韶华渐逝。

尾联"斑骓只系垂杨岸，何处西南待好风"，女子的心思由相逢不易、相见匆匆到苦苦思恋，最后转到深深的期待上。此时的心上人可能就近在咫尺，只不过无缘相会，多么期盼吹来一阵西南风，将自己送到他的身边啊！

李商隐的爱情诗，多抒写美好却不可获得的爱情。"春蚕到死丝方尽，蜡炬成灰泪始干"是他至死不渝的思念和执着的追求，此诗中"斑骓只系垂杨岸，何处西南待好风"则是他对美好爱情的殷切期盼，情感真挚，感人至深。

【飞花解语】

"凤尾香罗薄几重，碧文圆顶夜深缝"可对"夜"字令。

"扇裁月魄羞难掩，车走雷声语未通"可对"月"字令。

"斑骓只系垂杨岸，何处西南待好风"可对"风"字令。

日照香炉生紫烟，遥看瀑布挂前川

"日照香炉生紫烟，遥看瀑布挂前川"出自李白的《望庐山瀑布》。作者极写香炉峰的绚丽缥缈，突出庐山瀑布的雄奇壮丽：只见香炉峰上升起团团白烟，在阳光的照射下化成一片紫色的云霞，庐山瀑布就高挂在这山川之间。作者见此奇景，不由得感叹天地的神奇造化。

望庐山①瀑布

李 白

日照香炉②生紫烟③，遥看瀑布挂前川④。

飞流直⑤下三千尺⑥，疑是银河落九天⑦。

【注释】

①庐山：又名匡山，在今江西九江南部，耸立于鄱阳湖、长江之滨。

②香炉：指庐山香炉峰。峰在庐山西北，峰顶尖圆，烟云聚散，故名。

③紫烟：指日光透过云雾，远望如紫色的烟云。

④川：河流，这里指瀑布。

⑤直：笔直。

⑥三千尺：形容山高，这里是夸张的说法，不是实指。

⑦九天：古人认为天有九重，九天是天的最高层，此处指天空的最高处。

【译文】

太阳照射下，香炉峰生起紫色烟雾，远远看去，庐山瀑布就像白练挂在眼前的高山上。瀑布从高崖上飞一样地腾空直落，好像有三千尺长，让人恍惚间觉得银河从九天倾泻到了人间。

【赏析】

这首诗是李白初次游览庐山所作，作者运用夸张的手法、浪漫的想象将庐山瀑布的雄奇壮丽描绘得淋漓尽致。

首句"日照香炉生紫烟"中的"香炉"指香炉峰，是处于庐山北部的一座名山。庐山瀑布飞流直下，其水汽萦绕在峰顶，该峰遥望好似云雾缭绕的香炉，所以取名香炉峰。但在李白眼中，香炉峰不单单是云雾缭绕，在日光的映照下，峰顶郁结的水汽化成了一片紫色的烟霞，壮丽

迷人。

次句"遥看瀑布挂前川"，前四个字点明了诗题《望庐山瀑布》，"挂前川"则是作者第一眼望去的切身感受：眼前的瀑布好似一条白练，高高地悬挂在山川之间。"挂"字用得极为传神，作者将奔腾而下的庐山瀑布之动态变为静态，真切地展现出"遥看"瀑布时心中的震撼。自然的造化是如此的雄伟神奇，"挂"字也暗藏了作者对大自然神奇伟力的赞颂。

第三句"飞流直下三千尺"，作者大笔挥洒，给眼前的瀑布加上一泻千里的气势。一个"飞"字，使前文"挂"着的瀑布由静转动；"直下"二字写出山势之陡峭，也从侧面烘托出水流之迅疾。"三千尺"是作者运用的夸张手法，突显山之高峻、瀑布之长，庐山瀑布的高空飞下、势不可当的气势浮现在读者眼前。

第四句"疑是银河落九天"，作者运用了浪漫的想象，将眼前这飞流直下的瀑布想象为宇宙之银河飞落在九天之下。作者知道眼前的瀑布不是天上银河，读者也知道这点，所以此处的"疑"字就更显得精妙，似是而非的想象让人一时间难分真假，这飞流直下的瀑布，越发像九天之上的银河了。

此诗好似是单纯的写景，其实不然，这景中饱含作者对祖国大好山川的热爱。全诗语言极为夸张，想象奇特，历来广为传诵。

【飞花解语】

本诗除"日照香炉生紫烟"外，无可对飞花令的诗句。

剑

或许，每个喜欢行"剑"字令的人心中都有一个英雄梦。因为无论是"凄凉《宝剑篇》，羁泊欲穷年"，还是"回日楼台非甲帐，去时冠剑是丁年"，都能让人们更贴近那些逝去的英雄。

对棋陪谢傅，把剑觅徐君

"对棋陪谢傅，把剑觅徐君"一句出自杜甫的《别房太尉墓》。这是一首五言律诗。春秋时吴季札聘晋，路过徐国，心知徐君爱其宝剑，决定出使返回时送予他。及还，徐君已死，季札遂解剑挂在坟树上而去。在此句中，作者借用典故，将自己比作季札，写出心中对挚友的悼念。

别房太尉①墓
杜 甫

他乡复行役②，驻马别孤坟。
近泪无干土③，低空有断云。
对棋④陪谢傅⑤，把剑觅徐君。
唯见林花落，莺啼送客闻。

【注释】

①房太尉：房琯，字次律，河南（今河南洛阳）人。玄宗幸蜀时拜相，为人正直。肃宗至德二年（757年），因陈涛斜（在今陕西咸阳）之败被贬。后仍受重用。卒赠太尉。

②复行役：指一再奔走求职。

③近泪句：意谓泪流处土为之不干，形容极度悲伤。

④对棋：对弈、下棋。

⑤谢傅：谢安。此处以谢安比房琯。

【译文】

我常年漂泊他乡，奔走求职，今天在阆州短暂地停留，来凭吊你的孤坟。我的心情十分悲痛，泪水沾湿了地上的泥土；我的精神也十分恍惚，好似低空飘飞的残云。当年和你对弈的时候，你好似晋朝时的谢安。今天来到你的墓前，我也像季札拜别徐君那样和你告别。往事不堪回首，眼前只见这纷纷飘落的林花，我在离开的时候觉得黄莺的啼鸣也变得凄怆难听了。

【赏析】

此诗是杜甫路过阆州（今四川阆中）时，悼念老友房琯所作。诗中饱含了作者心中的哀痛和对国家前途的隐忧与叹息，全诗情深意切，感人至深。

首联"他乡复行役，驻马别孤坟"，作者先写自己一生漂泊宦游，此次又在行役途中，应该还有要事要办。但作者路过此地依然暂作停留，来老友的墓前追悼，两人之间深厚的感情可见一斑。

颔联"近泪无干土，低空有断云"，是写作者来到友人墓前，心中的悲伤难以抑制，痛哭流涕，泪水都沾湿了地上的尘土；作者心中的哀伤好似影响了天空的浮云，这浮云也变得静默，染上了哀愁。此句移情于景，借景抒情，进一步抒发了作者对老友逝去的哀伤。

225

颈联"对棋陪谢傅，把剑觅徐君"，是写作者在房琯墓前的追思。上半句中，作者将房琯比为晋朝的谢安，足见其对老友的推崇；下半句中作者又用典，将自己比作季札，写出对挚友的怀念之情。

尾联"唯见林花落，莺啼送客闻"，作者转而写景，此时只看见这林花片片飘落，只听见这黄莺声声啼鸣，老友的身影好似浮现在作者眼前，可作者知道此时两人已是天人永隔了。

房琯官至宰相，所以在悼念时要处处得体。杜甫和房琯交情又极深，所以在得体中又要处处见真情。房琯被罢免之事干系朝政，杜甫也因此受到牵连，此时已经是有苦难言，因而在诗中又流露出对国家前途的担忧。

【飞花解语】

"近泪无干土，低空有断云"可对"云"字令。

"唯见林花落，莺啼送客闻"可对"林"字令和"花"字令。

独立三边静，轻生一剑知

"独立三边静，轻生一剑知"出自唐代诗人刘长卿的《送李中丞归汉阳别业》。此句的前半句写李将军往日独自镇守边关，让敌寇闻风丧胆的故事；后半句为倒装句，写将军一生征战，奋勇杀敌，只有他的佩剑知道，抒发了自己对李将军生不逢时的慨叹。

送李中丞^①归汉阳别业

刘长卿

流落征南将^②，曾驱十万师^③。

罢归无旧业④，老去恋明时⑤。

独立三边⑥静，轻生⑦一剑知。

茫茫江汉⑧上，日暮⑨欲何之？

【注释】

①李中丞：生平不详。中丞，官职名，御史中丞的简称，唐时为宰相以下的要职。

②征南将：指李中丞。

③师：军队。

④旧业：在家乡的产业。

⑤明时：对当时朝代的美称。

⑥三边：唐代称地处边境的幽、并、凉三州为三边。

⑦轻生：不畏死亡。这里指献身报国之志。

⑧江汉：指长江和汉水。

⑨日暮：天晚。语意双关，暗指朝廷不公。

【译文】

李将军是漂泊流离的征南老将，当年曾经指挥过十万大军。去职还乡后，他并没有别的家业，到了老年还留恋朝廷。他当年独镇三边，让敌寇闻风丧胆，国家也变得安宁；他的功绩大概也只有他的佩剑知道。他在茫茫的长江和汉水上漂泊，黄昏时分要往何处去呢？

【赏析】

这首诗是赠送给年老失意、去职还乡的将军李中丞的。李中丞出生入死，立下赫赫战功，年老时却被罢官，作者有感而作此诗，抒发了对其被罢免的惋惜和不满。

首联"流落征南将，曾驱十万师"，作者回想起这位李将军的过往，不禁喟然叹息：这位流落漂泊的老将军，曾经为国征战南方，统领过十万大军。"征南将"点明了主人公的身份，说明这位漂泊流离的人曾经

227

是一位浴血沙场的将军。"曾驱十万师"则突出了这位将军的才干，而这样一位难得的将军如今却漂泊无依，作者心中的惋惜也随之而来。

"罢归无旧业，老去恋明时"，这位将军一心为国，清廉正直，不懂别的营生，家中也没有其他产业，就这样被罢官去职，他以后的生活境遇可想而知。"老去恋明时"是写这位将军虽然已经年迈，但心中依然眷恋朝廷，希望能够继续为国效力。"明时"二字是对朝廷的暗讽，这位戎马一生的将军就此被罢免，可见朝廷的"不明"。

诗的颈联"独立三边静，轻生一剑知"，前半句写李将军往日独自镇守边关，立功无数；后半句说将军奋勇杀敌，其报国之志和赫赫功绩却只有佩剑知道，表达了对李将军遭遇的不满。

"茫茫江汉上，日暮欲何之"，作者将心中的情感借眼前景象抒发出来：白发苍苍的将军，在面对这滔滔的汉江水时，心中定是惆怅茫然的。"日暮欲何之？"作者轻轻一问，似乎想从江水中得到回应，可是这长河落日，带着将军的一片茫然，悄然西沉了。

全诗语言凝练质朴，晓畅通达。诗中的感情真挚动人，作者对将军被罢免的惋惜、对朝廷的失望尽显其中。

[飞花解语]

"茫茫江汉上，日暮欲何之"可对"江"字令。

凄凉《宝剑篇》，羁泊欲穷年

"凄凉《宝剑篇》，羁泊欲穷年"出自李商隐的《风雨》。这是一首五言律诗。此句是全诗的首联，借《宝剑篇》起兴，抒写作者心中怀才不遇、壮志难酬的苦闷。作者通过"凄凉""羁泊""欲穷年"这些字眼，将自己羁旅漂泊、命途多舛的一生抒写得淋漓尽致，让人感慨不已。

风　雨①

李商隐

凄凉《宝剑篇》②，羁泊欲穷年③。

黄叶④仍风雨，青楼⑤自管弦。

新知遭薄俗⑥，旧好隔⑦良缘。

心断⑧新丰酒⑨，销愁斗几千⑩？

【注释】

①这首诗取第三句诗中"风雨"二字为题，实为无题。

②"凄凉"句：《宝剑篇》，唐初郭震（字元振）所作诗篇名。《新唐书·郭震传》载，武则天召他谈话，索其诗文，郭震即呈上《宝剑篇》，中有句云："非直接交游侠子，亦曾亲近英雄人。何言中路遭捐弃，零落飘沦古岳边。虽复沉埋无所用，犹能夜夜气冲天。"武则天看后大加称赏，立即加以重用。此句言自己有郭震之才，却不为人识，故曰"凄凉"。

③穷年：终年。

④黄叶：用以自喻。

⑤青楼：指富贵人家的高楼。

⑥薄俗：轻薄的世俗。

⑦隔：阻隔、断绝。

⑧心断：绝望。

⑨新丰酒：新丰，地名，在今陕西西安临潼区东北，古时以产美酒闻名。《新唐书·马周传》载，马周不得意时，宿新丰旅店，店主人对他很冷淡，马周便要了一斗八升酒独酌。后得常何推荐，受到唐太宗的赏识，授监察御史。新丰酒，表示作者渴望像马周一样得人举荐。

⑩"销愁"句：想用新丰美酒销愁，又不知这酒值多少钱。

【译文】

我心中有为国效力的壮志，也有像《宝剑篇》那样气概冲天的诗篇，但却难遇明时，一生羁旅漂泊虚度年华。我如风雨侵袭着的衰黄的秋叶般飘零，而朱门贵族的阁楼中，阔人们犹自欣赏着舞蹈和演奏着管弦。我新交的朋友遭到轻薄的世俗责难，旧日的老友又因山水隔绝而疏远无缘。我再不会有马周那样的幸遇了，想用新丰美酒来排忧解愁，又不知道它值多少钱。

【赏析】

这是一首咏怀诗，诗题《风雨》二字，是作者从诗中第三句提炼而来，借风雨来抒写自己被世俗的凄风苦雨侵袭的一生。

首联"凄凉《宝剑篇》，羁泊欲穷年"，作者借唐初郭元振因《宝剑篇》而被武则天赏识，得以施展胸中抱负的典故，抒写自己怀才不遇、壮志难酬的苦闷。

颔联"黄叶仍风雨，青楼自管弦"，承接上联，作者将自己比作秋日里已经衰黄的树叶，可即使是这样也逃不出风雨的侵袭。后半句中的"自"字，写出了豪门大户的冷酷无情，他们不管世上被凄风苦雨侵袭的百姓，犹自赏歌奏乐，当真是"朱门酒肉臭，路有冻死骨"。

颈联"新知遭薄俗，旧好隔良缘"，在羁旅漂泊的道路上，友情往往能给宦游的人带来些许慰藉，但作者因不慎触犯了朝中权贵，遭到了排挤讽刺。他的新朋友因此受到牵连，而他的旧朋友渐渐和他断绝联系。作者此时犹如风中枯蓬、雨中浮萍一样，茕茕孑立，形影相吊。

诗的尾联"心断新丰酒，销愁斗几千"，作者用"新丰酒"这一典故，慨叹自己漂泊无依、命途多舛，不会有马周一样的际遇。最后作者心中的愁绪更是如挥散不去的云烟，萦绕心头了。

【飞花解语】

"黄叶仍风雨，青楼自管弦"可以对"风"字令、"雨"字令。

剑外忽传收蓟北，初闻涕泪满衣裳

"剑外忽传收蓟北，初闻涕泪满衣裳"出自杜甫的《闻官军收河南河北》。这是一首七言律诗。全诗洋溢着作者欣喜欲狂的欢快情绪，被后人称为杜甫生平第一快意之作。此句中的"忽传"与"初闻"相对应，"涕泪满衣裳"则是对欣喜流泪的描写，侧面烘托出作者对故乡的眷恋。

闻官军①收河南河北

杜 甫

剑外忽传收蓟北②，初闻涕③泪满衣裳。
却看妻子愁何在④，漫卷诗书喜欲狂⑤。
白日放歌⑥须纵酒，青春⑦作伴好还乡。
即从巴峡穿巫峡⑧，便⑨下襄阳向洛阳。

【注释】

①官军：指唐朝的军队。

②蓟北：泛指唐代幽州、蓟州一带，今河北北部地区，是安史叛军的根据地。

③涕：眼泪。

④愁何在：哪儿还有一点的忧伤？愁已无影无踪。

⑤喜欲狂：高兴得简直要发狂。

⑥放歌：放声高歌。

⑦青春：指春天。

⑧巫峡：长江三峡之一，因穿过巫山得名。

⑨便：就的意思。

【译文】

剑门关外突然传来收复蓟北的消息，我乍然听到惊喜异常，眼中的热泪洒满了我的衣襟。回头看看我的妻儿，他们哪里还有什么愁绪；我胡乱地卷起诗书，欣喜得几欲发狂。阳光灿烂，我要放歌高歌，还要纵情畅饮美酒；春光明媚，正好伴随着我一起回到家乡。我即刻起身从巴峡穿过巫峡，然后取道襄阳到达洛阳。

【赏析】

杜甫热爱祖国，却饱经战乱，八年的安史之乱让他备受煎熬。作者在四川听到自己的家乡被收复，以及安史之乱被平定的消息，不由喜极而泣，写下此诗，抒发心中喜悦。

首联"剑外忽传收蓟北，初闻涕泪满衣裳"，是写作者初次听到蓟北被收复时的表现。"忽传"，表明消息来得太过突然，"初闻"则是紧紧承接，"涕泪满衣裳"是用形象的描写传达内心的喜悦。

颔联"却看妻子愁何在，漫卷诗书喜欲狂"，作者回头看着妻儿，再没见到一丝忧虑，好似家中的忧愁随着这喜讯的到来烟消云散。"喜欲狂"是全诗的主旨，作者此时心中的喜悦达到了顶峰。

颈联"白日放歌须纵酒，青春作伴好还乡"，是对"喜欲狂"的进一步描写。"白日"是指阳光明媚的日子。这样的日子里传来喜讯，作者不禁纵情高歌。老年人本不应过度饮酒，可作者却偏偏要"纵酒"，足见其心中的喜悦。"青春作伴好还乡"，作者想伴随着盎然的春意，与妻儿一起回到家乡。

尾联"即从巴峡穿巫峡，便下襄阳向洛阳"是作者心中对回乡路线的规划。人未启程，心却已经飞回了故乡。作者顺江而下，长江三峡地区水流湍急，"穿"字巧妙地写出了流水之急和船速之快，好似作者在这一瞬间已经穿行其中，取道襄阳回到自己洛阳的家乡了。

全诗情感热烈奔放，字里行间处处透出欢喜之情，痛快淋漓地抒写了作者得知故乡收复后的喜悦。全诗八句，一气呵成，不愧是杜甫"生平第一快诗"。

【飞花解语】

"白日放歌须纵酒，青春作伴好还乡"可对"春"字令。

影

在唐诗中，那些有关"影"的诗句似乎总与寂寞有关，比如白居易的"吊影分为千里雁，辞根散作九秋蓬"，崔涂的"几行归塞尽，念尔独何之"等。然而，寂寞是否就意味着愁苦？不尽然。你若能享受独处的快乐，就能发现影子蕴含的禅意，如常建的"山光悦鸟性，潭影空人心"。那么，在行"影"字令时，你感受到的是禅意还是愁苦？

风暖鸟声碎，日高花影重

"风暖鸟声碎，日高花影重"出自唐代诗人杜荀鹤的《春宫怨》。此句写春日的美景：春风和煦，鸟儿婉转啼鸣；春阳高升，鲜花在阳光的映照下留下重重花影。如此美景，女主人公却独守宫廷，这怡人的春景便叫人倍感孤独寂寥，心生幽怨。

春宫怨①
杜荀鹤

早被婵娟②误，欲妆临镜慵③。
承恩不在貌，教妾若为容④。
风暖鸟声碎⑤，日高花影重。

233

年年越溪女⑥，相忆采芙蓉⑦。

【注释】

①此诗一说为周朴所作。作者借咏宫怨，抒发自己幽寂郁闷之情。

②婵娟：形容姿容、形态美好。

③慵：懒。

④若为容：如何去装饰自己。

⑤碎：形容鸟鸣声纷纭杂沓。

⑥越溪女：指西施浣纱时的女伴。

⑦芙蓉：莲花。

【译文】

我年轻的时候因为容貌过人而被选入宫中，我对着镜子想梳妆打扮一番却又意态慵懒。得到君王的宠爱并不能单单依靠容貌，那我还有什么心思去梳妆打扮，装饰自己的容颜呢？春风和煦，鸟儿婉转的啼鸣声纷至沓来；艳阳高照，阳光下的团团花影重重叠叠。我每年都会想念自己在故乡的女伴，怀念当年自由欢快地去采摘莲花的美好时光。

【赏析】

这是一首拟宫女抒发心中幽怨的宫怨诗，与一般的宫怨诗不同，此诗将春意与怨情巧妙地融合，将宫女心中的寂寞幽怨抒写得淋漓尽致。

首联"早被婵娟误，欲妆临镜慵"，女主人公因为年轻貌美而被选入宫中，到头来陪伴她的却只有寂寞的宫廷，因此句中点出一个"误"字，是女子心中的追悔。后半句"欲妆临镜慵"则是写此时她已经懒得梳妆打扮了，由此可见她入宫时间之长，被"误"之深。

颔联"承恩不在貌，教妾若为容"，此句承接首联，将女子心中的幽怨一一道来。她在年轻貌美的时候都不曾得到皇帝的恩宠，故说"承恩不在貌"；如今她自己也适应了这孤单寂寞的生活，不再去靠精心梳

妆打扮来求得皇帝的宠幸。句中虽没有怨字，实则怨意已深。

颈联"风暖鸟声碎，日高花影重"，写春日的美景：春风和煦，鸟儿婉转啼鸣；春阳高升，鲜花留下重重花影。其中的"碎"字，点出了鸟儿啼鸣之多，可想而知此地的荒凉寂寥。如此明媚的季节，女主人公却独守着这荒寂的宫廷，这春景便更叫人孤独寂寥，心中幽怨更进一层。

尾联"年年越溪女，相忆采芙蓉"，写出女子心中对误入宫中的悔恨，年年日日地思念当年在家乡一起乘舟游玩、采摘芙蓉的伙伴们。作者以往日欢快的生活和如今深宫的寂寥做对比，写出女子思归不得时胸中之愁苦、心中之幽怨，好似能够听闻她隐约的抽泣。

全诗抒写怨情，却不着一"怨"字。颈联"风暖鸟声碎，日高花影重"更是将宫女心中所怨写得含而不露，历来得到名家推崇。在《唐诗快》中有过这样的评价："当时谚云：'杜诗三百首，唯在一联中。'即此'风暖'一联也。故《唐风集》以之压卷，想当不谬。"

【飞花解语】

"风暖鸟声碎，日高花影重"可对"风"字令和"花"字令。

五更鼓角声悲壮，三峡星河影动摇

"五更鼓角声悲壮，三峡星河影动摇"出自杜甫的《阁夜》。此句诗写作者夜不能寐、起身徘徊时的眼中所见和耳中所闻。作者只听得破晓时分军营中传来悲壮的鼓角声，又看见星河的影子倒映在三峡之上，微微摇动。作者借在三峡中摇动的星影，抒写对国家的担忧。

阁　夜

杜　甫

岁暮阴阳①催短景②，天涯霜雪霁③寒宵。

五更鼓角声悲壮，三峡星河④影动摇。

野哭千家闻战伐⑤，夷歌⑥数处起渔樵。

卧龙跃马⑦终黄土，人事⑧音书⑨漫⑩寂寥。

【注释】

①阴阳：指光阴。

②短景：指冬季日短。景，影，日光。

③霁（jì）：雨后或雪后初晴。

④星河：银河，这里泛指天上的群星。

⑤"野哭"句：战乱的消息传来，千家万户的哭声响彻四野。永泰元年（765年）四月，郭英乂继任剑南节度使兼成都尹。十月，严武旧部崔旰起兵攻打郭英乂，郭逃到简阳，为韩澄所杀。此后，郭的旧部又讨伐崔旰，蜀中大乱。

⑥夷歌：指四川境内少数民族的歌谣。

⑦跃马：指公孙述，字子阳，扶风人。西汉末年，天下大乱，他占据蜀地称帝。

⑧人事：指交游。

⑨音书：指亲朋间的慰藉。

⑩漫：徒然，白白的。

【译文】

　　冬季到了，白天的时间越来越短；漫天的霜雪在这个寒冷的夜晚停住了。破晓时分，军营中传来悲壮的鼓角声，倒映在三峡水中的星影摇曳不定。战乱的消息传来，流离荒野的百姓哭声震天。远处传来渔夫、

樵夫悲凉的歌声。英雄们到最后都会变成一抔黄土，交游和亲友音讯书信断绝这点寂寥又算得什么？

【赏析】

杜甫一生饱经战乱，此诗是他寓居夔州西阁所作。当时四川地区军阀混战，吐蕃族侵袭四川，而作者的好友李白、严武、高适等人都先后离世。作者伤时感事，遂作此诗抒写心中之沉痛。

首联"岁暮阴阳催短景，天涯霜雪霁寒宵"，写一年之中冬季昼短夜长，这本是朴素的自然规律，但作者用"催"字，写出了岁月催人老的意味。因为是冬季，夜晚变得格外漫长，也格外寒冷，故诗中用"寒宵"二字。作者身在夔州，仍流落天涯，这"天涯"二字又体现出作者的思乡情感。

颔联"五更鼓角声悲壮，三峡星河影动摇"，作者借写三峡中摇动的星影，抒写心中对动荡时局的担忧，言辞清丽，意境深远。

颈联"野哭千家闻战伐，夷歌数处起渔樵"，写逃居荒野的人家因为战争而痛哭流涕。"战伐"是指当时四川地区军阀混战，"千家"写出听闻战乱后痛哭流涕的人之多，反映了百姓不愿征战的朴素愿望。"夷歌"是指在四川地区居住的少数民族歌谣。作者以"千家"哭对比"数处"歌，以多比少，尤其显得沉痛。

尾联"卧龙跃马终黄土，人事音书漫寂寥"，作者远眺夔州西郊的武侯祠和白帝庙，慨叹像诸葛亮、白帝这样的人物最后都化为尘土，那作者眼中的孤独寂寥，就算不得什么了。

全诗语言凝练，前六句极写心中之惨痛和情怀之激烈，最后两句却一笔荡开，抒写自己对时事的伤感和对家乡的思念，其情感之真挚、悲痛之浓烈，令人唏嘘不已。

【飞花解语】

"岁暮阴阳催短景，天涯霜雪霁寒宵"可对"天"字令和"雪"字令。

吊影分为千里雁，辞根散作九秋蓬

"吊影分为千里雁，辞根散作九秋蓬"出自白居易的《望月有感》。此句是作者在望月时对自己境遇的慨叹，战争让作者和亲人流离失所、骨肉分离，此时的他好似离群的孤雁、风中的枯蓬一样茫然无依。全诗叙写了战乱给人们带来的灾难，抒发作者对兄弟姐妹们的思念之情。

望月有感①

白居易

时难年饥②世业③空，弟兄羁旅④各西东。

田园寥落⑤干戈⑥后，骨肉流离道路中。

吊影⑦分为千里雁⑧，辞根⑨散作九秋蓬⑩。

共看明月应垂泪，一夜乡心五处同。

【注释】

①原诗题为《自河南经乱，关内阻饥，兄弟离散，各在一处。因望月有感，聊书所怀，寄上浮梁大兄、于潜七兄、乌江十五兄，兼示符离及下邽弟妹》。

②时难年饥：指遭受战乱和灾荒。

③世业：祖传的产业。唐代初年推行授田制度，所授之田分"口分田"和"世业田"，人死后，子孙可以继承"世业田"。

④羁旅：漂泊流浪。

⑤寥落：荒芜零落。

⑥干戈：古代两种兵器，此代指战争。

⑦吊影：一个人孤身独处，形影相伴，没有伴侣。

⑧千里雁：比喻兄弟们相隔千里，皆如离群孤雁。

⑨辞根：草木离开根部，比喻兄弟们各自背井离乡。

⑩九秋蓬：深秋时节随风飘转的蓬草，古人用来比喻游子在异乡漂泊。

【译文】

经过战乱和饥荒后，家族的产业荡然无存；家中的兄弟姐妹也分散各地，无法相聚。战乱后田园变得荒芜寂寥；我的亲人们也四处逃散，流离失所。兄弟们相隔千里，形影相吊，都好似离群的孤雁；我们漂泊在这尘世，好似断了根的枯蓬。此时我们同时眺望明月都应会伤心流泪，一夜之间的思乡情怀在这五个地方都是相同的。

【赏析】

作者因为战乱和亲人们分离，兄弟姐妹羁旅漂泊，散落四处。作者遥望天空中的明月，心中思念离散的兄弟姐妹，遂写此诗遥寄。

首联"时难年饥世业空，弟兄羁旅各西东"中的"时难"，是指当时河南地区遭遇动乱，关中的漕运也因此受阻。经历了这次动乱，白居易积攒下来的家业荡然无存，兄弟姐妹们也为生计四处奔波。

颔联"田园寥落干戈后，骨肉流离道路中"，作者承接首联，继续抒写战乱给百姓带来的深重伤害。作者用一半的篇幅叙写动乱，突出说明了战乱给百姓带来的痛苦之深，悲伤之重。人们先前所有的努力都付之东流，亲人也离散各地，当真是"兴，百姓苦。亡，百姓苦！"

颈联"吊影分为千里雁，辞根散作九秋蓬"，此句写作者遥望天空中的明月，慨叹自己目前茕茕孑立、形影相吊的悲惨处境，进一步叙写战乱给人们带来的灾难。

尾联"共看明月应垂泪，一夜乡心五处同"，句中的"五处"是指兄弟姐妹们流落的五个地方。作者夜不能寐，遥望天空之明月，心中想到流落不同地方的兄弟姐妹们，如果此时也望着明月，定然也会心生思念而潸然泪下。

　　全诗语言质朴，诗意晓畅通达。作者运用了白描手法，将战争给人民带来的苦难，以及自己对亲人们的思念抒写得真挚感人。

【飞花解语】

　　"共看明月应垂泪，一夜乡心五处同"可对"月"字令和"夜"字令。

山光悦鸟性，潭影空人心

　　"山光悦鸟性，潭影空人心"出自唐代诗人常建的《题破山寺后禅院》。此诗描写了作者在山寺中见到的场景：初日照耀下的山林焕发勃勃生机；鸟儿开心地上下翻飞、婉转啼鸣；作者站在清澈的水池旁边，只觉得天地间只有自己和水中的倒影了，心中被世俗羁绊的杂念为之一空。

题破山寺①后禅院
常　建

清晨入古寺，初日照高林。
曲径通幽处，禅房②花木深。
山光悦③鸟性，潭影空④人心。
万籁⑤此俱寂，但余钟磬⑥音。

【注释】

　　①破山寺：兴福寺，在今江苏常熟虞山北麓。

　　②禅房：僧人居住的房舍。

　　③悦：此处为使动用法，使……高兴。

④空：此处为使动用法，使……空。

⑤万籁（lài）：指一切声音。籁，从孔穴里发出的声音，泛指声音。

⑥钟磬（qìng）：两种打击乐器。寺庙中用作作息信号，鸣钟表示开始，击磬表示结束。

【译文】

我在清晨时分来到这座古老的寺院，初升的太阳映照着高山上的树林。蜿蜒曲折的小路通往幽深静谧之处，禅房周围树木繁茂、鲜花缤纷。明媚的山中景色让鸟儿更加欢悦，潭中的影像使人心中俗念消失。此时此刻，世间的万物都悄无声息，我只能听到寺院里敲击钟磬的声音。

【赏析】

此诗是作者在清晨时分游览古寺的所见、所闻、所感。全诗语言清丽，意境幽深，是山水诗中的名篇。

首联"清晨入古寺，初日照高林"中的"清晨""初日"点明作者入寺的时间，"初日照高林"则是写太阳初升的山景。佛教将僧人聚集之所称为"丛林"，句中的"高林"二字暗含着作者对寺庙僧侣的敬意。句中旭日东升、光照山林的景象为读者树立了清新幽远的古寺形象。

颔联"曲径通幽处，禅房花木深"，作者收回目光，开始描写眼前的景色：沿着蜿蜒曲折的小路前行，越走越觉得幽深静谧，最后发现一座隐藏在繁花古木中的禅房。作者用"古寺""高林""禅房"这样典型的意象，勾勒出古寺的幽静典雅，这样的美景也让作者不知不觉沉醉其中。

颈联"山光悦鸟性，潭影空人心"，写作者在山寺中举目四望的场景：初日照耀下的青山生机勃勃，鸟儿也迎着初升的太阳，开心地上下翻飞、婉转啼鸣；作者站在水池旁，仿佛天地间只剩下自己和水中的倒影，世俗的杂念早已消失。

尾联"万籁此俱寂，但余钟磬音"，诗人写的鸟儿啼鸣、钟音袅袤，更显山寺之静谧，这与"蝉噪林愈静，鸟鸣山更幽"有异曲同工之妙。

全诗写景真切自然，通体幽绝，将山寺之静谧、禅意之深浓抒写得淋漓尽致。细细读来，读者好似随着作者一起漫步古寺，洗涤心间的尘埃。

【飞花解语】

"清晨入古寺，初日照高林"可对"林"字令。

"曲径通幽处，禅房花木深"可对"花"字令。

"山光悦鸟性，潭影空人心"亦可对"山"字令。

孤帆远影碧空尽，惟见长江天际流

"孤帆远影碧空尽，惟见长江天际流"出自李白的《黄鹤楼送孟浩然之广陵》。作者于黄鹤楼前送别故友，此时好友已经乘船远去。作者伫立眺望，神思遥寄，直到只能看见小船的远影，回过神才发觉眼前的一江春水，正奔流入海。全诗情感真挚动人，为李白送别诗的代表作。

黄鹤楼送孟浩然之①广陵
李　白

故人西辞黄鹤楼，烟花三月②下③扬州。

孤帆远影碧空尽④，惟见⑤长江天际流⑥。

【注释】

①之：到达。

②烟花三月：形容柳絮如烟、鲜花似锦的春天。

③下：顺流向下而行。

④碧空尽：在碧蓝的天空消失。

⑤惟见：只看见。

⑥天际流：流向天边。

【译文】

老朋友向东出发，辞别黄鹤楼，在柳絮如烟、繁花似锦的阳春三月顺江而下，前往扬州。辞别的小船越行越远，渐渐消失在碧空的尽头，我眼前只能见到滔滔的长江春水，在天的尽头奔流入海。

【赏析】

李白生在盛唐，当时国力强盛，百姓安居。所以作者这次在黄鹤楼前与孟浩然分别并没有哀愁和忧思，有的只是朋友之间真挚的情谊。全诗色彩明快，景物壮丽，意境高远，为脍炙人口的名篇。

首句"故人西辞黄鹤楼"，点出了这次分离的地点——黄鹤楼。黄鹤楼本就是天下名胜，两位风流倜傥的诗人可能也常常相约在此。同时，黄鹤楼也有登仙的传说，选在此处离别，更对孟浩然的离去添加了一丝快意的畅想。

次句"烟花三月下扬州"，文字绮丽动人，被后人誉为"千古丽句"。"烟花"在此指阳春三月时分烟雾朦胧、繁花似锦的美景。孟浩然此行一路东下，前往"东南形胜"的扬州，在这样春光明媚的时节顺着长江漂流而下，那途中的美景必定目不暇接。作者在此处用"烟花"来修饰"三月"，让这阳春美景显得更加动人。

作者伫立黄鹤楼中，目送友人，只见"孤帆远影碧空尽"。孟浩然的小舟顺风顺水飘然远去，可是作者仍不愿离开，站在楼中目送友人，回忆起与友人一起促膝长谈、开怀畅饮的日子，直到小船只剩下一个缩影。

最后一句"惟见长江天际流"，写作者回过神来，发觉眼前只留下奔腾的江水，浩浩荡荡地流向天边。这向东流逝的江水给这别离增添了一丝怅然，同时作者的心也随着江水一起飞向了繁华热闹的扬州城。

这次离别是一次潇洒的挥手，是两个风流诗人的快意别离。其中深厚热烈的情谊，被作者用更加绚丽美好的春景遮掩；分别后的怅惘怀思，被作者挥洒在辽阔的天空和奔涌的江水中。后人记住的，恐怕只有烟花三月的盛景。

【飞花解语】

"故人西辞黄鹤楼，烟花三月下扬州"可对"花"字令和"月"字令。

"孤帆远影碧空尽，惟见长江天际流"可对"江"字令和"天"字令。